昏式龍也
Tatsuya Kurashiki
ill. 塩かずのこ
03
は
で話せ
Kokodewa NEKO no
a de Hanase

CONTENTS

Kokodewa NEKO no Kotoba de Hanase

プロローグ ―― 011

Mission.1
アーニャの夏休み 夏祭り編 ―― 028

- 3LDKの白熊 ―― 030
- 松ねこ亭繁盛記 ―― 042
- とんかつ猫と旭姫のブラジャー ―― 058
- 夏祭りの夜 ―― 079

Mission.2
KILLER DAYS (feat.久里子明良&黒蜂) ―― 098

Mission.3
アーニャの夏休み 海旅行編 ―― 164

エピローグ&プロローグ ―― 216

Design Yuko Mueadeya+Nao Fukushima[musicagographics]

アンナ・グラツカヤ
宗像旭姫
松風小花

「お姉さんと一緒にいきたいです……連れていってください」
雫石凛音
久里子明良

堤防の階段を登っていくと、
雄大な海岸線が目に飛びこんできた。
空と入道雲、海と輝く砂浜――
青と白だけで塗り分けられた、原色の世界。
エニュオー
ペルシス

黒蜂（ヘイフォン）

03
Tatsuya Kurashiki
昏式龍也
Ill.塩かずのこ
ここでは
猫の言葉で
話せ
Kokodewa
NEKO no Kotoba
de Hanase

CHARACTER

Kokodewa NEKO no Kotoba de Hanase

アンナ・グラツカヤ

ロシアから転校してきた少女。猫を命懸けで追う謎の使命を帯びている。

まつ かぜ こ はな
松風小花

鳥羽杜女子高校の2年生。猫ライフを満喫する猫好き少女。

く り す あき ら
久里子明良

ドラッグストアの店員。その正体は美少女好きの殺し屋。

むな かた あさひ
宗像旭姫 

小学5年生。アンナと同居中、お世話好きなしっかり者。

ヘイフォン
黒蜂

久里子と交際中の凄腕の暗殺者。本名は「シュエ」。

エニュオー 

米エージェント『グライアイ三姉妹』の次女。グラマラスな野獣ガール。

ペルシス 

米エージェント『グライアイ三姉妹』の三女。キレると危険な爆弾使い。

うめ だ さや か
梅田彩夏 

鳥羽杜女子高校の2年生。騒がしいスポーツ少女。

たけ さと え り
竹里絵里 

鳥羽杜女子高校の2年生。梅田にツッコむサバサバ系女子。

プロローグ

私──アンナ・グラツカヤは、かつて人間ではなくモノだった。

故郷は突然の戦火に焼かれた。両親は瓦礫（がれき）の下に埋もれて死んだ。

四歳で天涯孤独の身となった女児は、飢えてやせ細った野犬のようにしぶとく生き抜き、一〇歳を前に見知らぬ誰かの所有物となる。過酷だった当時の記憶はさだかではないが、何か生きるための悪事を働いてしくじったか、官憲の孤児狩りあたりにつかまった結果だったのだろう。

とにかく人身売買の暗黒市場（ブラックマーケット）に出品された私は、《家（ドーミク）》と呼ばれる地下犯罪組織に買われていくことになった。

貨物列車で運ばれていくコンテナの中には、年齢も人種もまちまちな少年少女たちが何人かいた。私はそこで、クラーラという一つ年上の少女と知り合ったのだった。

クラーラは、私と違ってきれいな服を着ていて、挙措も上品だった。いかにも富裕層のお嬢様といった気品もまた、私は初対面で彼女から感じた。そんな彼女が、なぜ孤児である私と同じ境遇にいるのかは不明だったが。

『クラーラ・ルミノワよ。あなた、お名前はなんていうの？』

『アンナ……アンナ・グラツカヤ』

『そう、ならアーニャね。ふふ、ちいさなアーニャ。かわいいアーニャ……ねえあなた、どこの生まれ？』

『ツヒンヴァリ……南オセチアの』

『ああ。あの大きな戦争があった……私はモスクワよ』

クラーラは自分のことはあまり語らなかった。ただ、周りにいる子供たちよりも高いところから墜ちてきたのだろうということだけは察しがついた。

以前にどれだけ上流の良い暮らしをしていようと、あの暗黒市場（ブラックマーケット）に売られてきた時点で人間ではなくモノ。今は私と同じく、自分の命にさえ所有権がない身の上であることに変わりはなかった。

組織の拠点であるはるか遠くのシベリア、イルクーツクに到着するまでの数日間。私は貨物列車の激しい揺れと息さえ凍りつくような寒さに耐えながら、クラーラといろいろなことを語り合った。

『いいこと、アーニャ？　私たちはたしかに人並みの幸福を失い、こうして地の底にいるわ。けれど、まだ失っていないものもある。それは人間としての尊厳よ』

クラーラは気高く気丈な少女だった。胸を張り、力強く私にそう言い放った。

『私と友だちになりましょう。たとえこの先なにがあっても、私とあなたの友情だけはダイヤモンドのようにいつまでも変わらない。そう思えれば、どんな地獄だろうと尊厳を失うことなく生きていける……そのはずよ』

『友だち……クラーラは、私と友だちになってくれるの？』

『ええ、そうよ。かわいいアーニャ……ふたりでこの世界を生きていきましょう』

私の手を握ったクラーラの温かい体温。それが、凍えきった骨身を癒やしてくれるのを私は感じていた。

『うれしい……』

この暗闇の底で出会えた、たったひとりの天使。私にとってクラーラは、そんな存在だった。


到着後は体力測定や知能テストのようなものをやらされた。それが個々人の適性を検査する「振り分け」だったのだと、後になってからわかった。一緒にいたクラーラたちからは離され、独房のような部屋をあてがわれる。

それからの日々は、主に肉体の鍛錬や反射神経を向上させる過酷な訓練が待っていた。そして銃器やナイフの使い方を学習し、人体の構造と急所の位置についてのレクチャーを受ける。

つまりそれは、人を効率的に殺すためのカリキュラムだった。私は殺し屋になるのだなと、漠然と思った。今の私には自分の命の使い道を決める権利はない。所有者である《家》がそう決めたのなら、それに従うまでだ。

クラーラと再会できたのは四か月後のことになる。

意外なことに、彼女もまた私と同じ殺し屋としての適性を組織から割り当てられていた。いかにもお嬢様育ちといったクラーラの上品さは、殺伐(さつばつ)として泥臭い銃撃や格闘のイメージからは縁遠い。

私と彼女は二人一組になり、最終試験として初の実戦任務に派遣されることになった。

『もう一度あなたと会えてうれしいわ、アーニャ。これはきっと神様のお導きね。やっぱり私たちの絆(きずな)は、運命に祝福されているんだわ』

クラーラに抱きしめられると、私の胸はうれしさと幸せでいっぱいに満たされた。

現地へと運ばれ、作戦を開始。私たちは支給された拳銃(マカロフ)をそれぞれ握りしめ、ターゲットが潜伏する山小屋へと突入した。しかし、そこには誰もいなかった。

代わってテーブルに置かれていたのは、監視カメラと電子装置が内蔵された銀色の保冷ケースだった。

呆然(ぼうぜん)とする私たちの前で電子音が鳴り、金属のケースが機械音とともにゆっくりと開いていく。ドライアイスのような白い冷気が流れ出す。ケースの中に収められていたのは、一本の注射器とガラスのアンプルだった。

『クラーラ・ルミノワとアンナ・グラツカヤの両名に告げる。これより最終試験の内容を説明する』

電子装置に付属したスピーカーから、人間の声が流れ出した。

『その場で互いに殺し合え。生き残った一名のみを組織は家族（スイミヤー）として正式に迎える』

反射的にクラーラと目が合い、思わずそらしてしまっていた。

『拒否すれば双方ともに未来はない。試験開始四八時間前に投与した致死性ウィルス《血に潜みし戒めの誓約（クローフィ・クリヤートヴァ）》は潜伏期間をすでに終了。アンプルの中身である《抑制剤》を投与しない限り、ウィルスはいつ発症してもおかしくない状態下にある。発症後はおよそ一〇分で死に至る。なお、《抑制剤》は一人分のみしか用意されていない。以上』

通信は切れた。今の説明で、私は一昨日に受けた予防接種という名目の注射を思い出していた。致死性ウィルスの投与――もしや、あれがそうだったというのか？

保冷ケース内のアンプルをもう一度見る。何度見ても、それは一本だけだった。

通信が終了し、山小屋の中に闇よりも重い沈黙が落ちる。

やがて……

『……殺し合え、ですって？』

怒りを押し殺したクラーラの震え声が、静寂に響いた。

『たったそれだけの命令で、殺し合いなんてできるわけがないでしょう！　ましてや、私の大事な友だちとなんて！』

次いで上げた渾身（こんしん）の叫びで、彼女が何に対して怒っているのかを理解した。断固として、この命令を拒絶しているのだ。

たとえ地の底に墜ちても尊厳は失わないと誓った、クラーラらしい誇りに満ちた言葉だった。同時に、この状況でも私を友だちと呼んでくれる彼女の熱い気持ちを感じて、涙がこぼれそうになった。

『致死性ウィルスとやらの話だって、怪しいものだわ。ねえアーニャ、あなただってそう思うでしょ？』

　不安はあったが、クラーラと殺し合いをしたくない一心で私はうなずく。

『うん……！　きっと、そう……クラーラの言うとおり！　私とクラーラを殺し合わせるために、嘘をついているんだ！』

『命を助けてやるから友だちを、ほかの誰かを殺せ？　ふざけないで……人間は、そんな心をなくした屑ばかりじゃないわ！　暗闇の底でこそ人の尊厳は試される。きっとこの試験は、短絡的な決断に飛びつく愚か者をふるい落とすための罠よ！』

　激昂するクラーラは、小屋の中に視線を巡らせる。

『何か、ふたりとも生き残るための手がかりが隠されているかもしれないわ。手分けしてこの小屋を調べましょう。アーニャは、そっちの壁を探してみて』

『うん！』

　聡明な彼女に勇気づけられ、私は勢いこんで背後の壁へと向かっていった。

　雷が落ちたような轟音が小屋に鳴り響いたのは、その瞬間。

それが銃声だということを、私は背中に爆発した衝撃と激痛で認識していた。私は走りかけた姿勢のまま、着弾の衝撃で正面の壁に叩きつけられていた。

『がっ……こはっ……あが……ッ』

そのままズルズルと壁にもたれて床に倒れた。背中が熱い。鋭い痛みが身体を貫く。掌は、自分の流した大量の血液で真っ赤に染まっている。

『ちいさなアーニャ、かわいいアーニャ』

背後から撃たれた——そのおそろしい想像をたしかめるために、私の眼球はぐるりと後ろを向いていた。

そして、そこに見た。

『……ばかなアーニャ』

硝煙の立ちのぼるマカロフを手にした、クラーラの憐れむような冷たい目の光を。

『どうし、てぇ……っ?』

クラーラの人さし指が動く気配を見せた。私は訓練で染みついた習性のまま身体をひねる。左のこめかみに衝撃。かすめた銃弾で脳震盪を起こしかけ、意識が遠のく。

頰をぬるりと血が伝い流れ、ちぎれかけた耳が皮一枚でぶら下がっていた。左側の音が聴こえないのは、鼓膜が破れたせいだろう。

『油断をさせて背中から刺す——この世を勝ち抜くための、ごくシンプルな鉄則を実行したまでのことよ。破滅して首を吊った私のお父様が、一番の親友にやられたように。私は、父の犯した過ちから学んだの』

さっきまで見せていた怒りの振る舞いが嘘のように、クラーラの態度は冷静だった。

『私が暗殺者の適性を見込まれたのは、あなたのように身体能力の面ではなく……きっとこうした思考を躊躇なく実行に移せる精神性にあるのでしょうね。要するに、冷たく利己的な人間だから、誰より多く殺せるだろうということ。なら、期待には応えないと』

寒さに凍えた貨物列車の夜。この手を握ってくれた、クラーラのぬくもりを思い出す。

暗闇の底で出会えた、たったひとりの天使の笑顔を。

『うそ、うそ……だってあなたは私のっ』

トモダチだから？　とクラーラはため息とともに吐き捨てた。

『友情、愛、絆……ええと。あと何があるかしら、そういうの。いいわ、なんだろうと好きなだけ口になさい。でもそれで何が生まれるの？　今この引き鉄をしぼるのに必要な、たった数百グラムの力を止めることさえできないでしょ？　……だってそれ、どんな嘘つきや悪人だって簡単に口にできてしまうんだもの。たった今、私があなたを騙したようにね。そんな空虚で安っぽい魔法の言葉に、現実を動かす力なんて宿るわけがない』

クラーラがマカロフの銃口を突き出しながら、少しずつ距離を詰めてくる。確実に急所を外さない、けれど逆襲を受けないギリギリの距離まで近づき、出血で弱った私の動きがより緩慢になるのを待つために。

『アーニャ。あなたに殺人は向いていないわ。どうやら、組織より私のほうが人を見る目がありそうね。だってほら……こんなに近づいたのに、私を撃とうともしないなんて』

気がついたときには、右手に把持していたマカロフを奪い取られていた。クラーラの銃口が、すぐ数センチ前にまで突きつけられる。

どこまでも深い真っ黒な穴が、私を無表情に見下ろしていた。

『これが世界よ、アーニャ』

善悪、美醜、すべての価値がその前では等しく意味を失う。そんな漆黒の虚無がもたらす終焉が、いつでも私たちの足下には口を開けている。世界の果てに墜ちていくような無尽の穴に、すべての光が吸いこまれていくのを私は感じていた。

『さようなら……………う、ぐウッ!?』

クラーラの表情が一変したのは、引き鉄にかけた指に力をこめようとしたその瞬間だった。

顔を歪めて突然苦しそうに胸をかきむしり、その場に倒れたのだ。皮膚が紫のまだら模様に変色し、手足を激しく痙攣させている。まるで、全身の血液が一瞬にして猛毒へ変わったとでもいうように。

致死性ウィルスの発症——どうやら死神は、私より一足先にクラーラへ取り憑いたようだ。

万全を期そうとするあまり、彼女は時間をかけすぎた。たとえ私からの反撃を受けるリスクを負ってでも、決着は真っ先につけておくべきだったのだろう。だって私には、彼女を撃つことはできなかったのだから。

　失血で視界が暗くなり、気が遠くなっていく。だが意識を失う前に、しなくてはならないことがふたつあった。ひとつは、あの《抑制剤》を自分の体内に射ちこむこと。

　そして、それよりも先に……

　床に転がった二挺のマカロフ。その一つを震える手で拾い上げ、銃口を芋虫のように身をよじり続けるクラーラへと向ける。

『……ふふっ、先に私を楽にしてくれるというの……？　やっぱりアーニャは、人殺しには向いていない、やさしい子……』

　充血して真っ赤に染まったクラーラの瞳が私を見上げた。苦痛と絶望に歪んではいたが、頬に浮かんだ微笑はあの寒い夜とまるで同じで……

　私は腕を突き出し、マカロフの銃口をその口に突っこむ。上下の歯の間に銃身がはさまり、彼女の言葉を物理的に止めた。

『……違うッ』

　私は死にゆくクラーラの瞳を見返し、自分自身に刻みこむように声を振りしぼった。

『私は、私自身のためにこの引き鉄を引く。これからずっと続いていく、殺人者としての私の道……その最初の一人目として、クラーラ・ルミノワを殺す。特別な意味なんてない、ただの数字としてカウントするだけ……』

そう。だから私は、今から友だちを殺すんじゃないんだ。

両目がひたすら熱かった。私の眼球を溶かし尽くすかのように、あふれ出した液体が重みで睫毛からこぼれ落ちていく。

頬を流れる熱い滴は、私の中に残っていた人間らしい感情をも一緒に排出してくれるはずだ。この涙が乾いたときこそ、私はきっと冷酷非情の殺人機械へと生まれ変われるだろう。クラーラが教えてくれた、世界を正しく生きていくために。

『私の涙を見た者は、今日で誰もいなくなる——さようならッ』

銃口をさらに深く押しこみ、引き鉄にかけた人さし指をしぼった。クラーラの口腔内でくぐもった破裂音が重たく響く。銃弾は脳幹を一撃で吹き飛ばし、ウィルスより先に彼女の生命を停止させた。

私は残された力を振りしぼり、後ろを向く。ぼやけた視界に、銀色の保冷ケースが映った。這うようにして、テーブルへと近づいていく。

そこにある注射器とアンプルに、私は震える手を伸ばした——


「——以上をもちまして、一学期の終業式を終わります。夏休みの間も、学生らしく規則正しい生活を過ごしてください」

長すぎる校長の訓示で薄れかけていた意識が、現実へと戻ってきた。

骨を嚙むシベリアの寒さとは正反対の、じっとりと蒸すような暑さが肌をつつむ。

ワックスと埃のにおいがこもった体育館の空気の中、私は号令に合わせて起立し、ほかの生徒同様に壇上へ向けて一礼をした。

この私立鳥羽杜女子高校で過ごした、一学期の日々は今日で終わり。

明日からは、私にとって初めての夏休みがやってくる。


教室の空気は解放感に満ちていた。これから始まる夏休みを前に、誰もが浮かれ夏の予定を楽しげに話している。ＣＩＡパラミリのチーム《グライアイ》の二人——私の身辺護衛というありがた迷惑な目的でクラスに潜入している、エニュオーとペルシスの制服姿もその中には見えた。

ざわめきの中で、私はスマートフォンをのぞき自分のＳＮＳをチェックしていた。アカウント名は『ハチワレ猫ピロシキ』。

登録したのは同居人の旭姫だ。自分が撮りためたピロシキの写真や動画をアップするために、いわゆる「猫アカウント」として最近はじめていた。

今朝アップされたばかりの短い動画には、横向きに寝ている私の後頭部と枕元のピロシキが映っている。私の髪の毛に、ピロシキが一心不乱にカシカシと噛みついていた。ドラッグでもキメたかのように目を見開き、なかなかに凄い形相。姿は映っていないが、撮影する旭姫の笑い声がちいさく入っている。私が起きる前に撮られたもののようだ。

ピロシキの髪噛み動画には、すでにフォロワーから五件の「いいね」が付いていた。それを見て、私は得体の知れない満足感を覚えてしまう。

自分とともに暮らす猫が、見知らぬ誰かに認知されることへの喜びだ。

犬であれば散歩は欠かせないため、それこそ毎日のようにリードにつないで外へ連れ出すことになる。そのとき犬好きの他人から、賞賛されたり愛でてもらったりする機会に出会う確率はそこそこにあるはずだ。

だが猫を外に連れ出す機会はあまりない。あっても外出時にはたいていキャリーバッグの中なので、他人の目に触れることは皆無と言える。いわば面白い映画や貴重な美術品を自分だけで独占しているようなもので、その価値をときには誰かと共有したくなる……という心情が、猫アカウントがSNS上でこれだけ多い理由のひとつでもあるのだろう。

そんなことを考えていると、スマートフォンが振動した。

ピロシキの動画に、いいねのハートマークが一つ追加される。通知欄を見ると、『古民家猫カフェ　松ねこ亭さんがあなたの投稿にいいねしました』と記されていた。

隣の座席を見ると、花びらと猫をデザインした髪飾りをつけた少女がこちらを見て笑っていた。手にはスマートフォンがある。

「お顔まん丸でかわいいねえ、ピロシキちゃん」

松風小花。

実家が猫カフェを営むクラスメイトであり、あのときからずっと封印されてきた私の涙をもう一度見せることになった人間でもある。

そのつながりが連想させるせいか……人をなごませるやさしげな小花の笑顔が、記憶の底に沈んだクラーラ・ルミノワのそれと重なる瞬間がたまにある。

けれど、小花とクラーラは違う。この平和な国で猫とともに育った彼女に、誰かを殺さなくては生きていけない理由などはない。その笑顔には、どんな嘘もないと心から信じられる。

「この子、最近ちょっとふっくらしてきた？」

「そう言われると、上に乗ってきたときに少しずっしりしてきたような……やはり太ったのか」

「子猫から大人になる成長期だから、そんなでもないとも思うけど。もし上から見て、ラグビーボールみたいな体型になってきたらダイエットはしたほうがいいかもねえ」

毎朝、ピロシキは私の腹の上に乗っていることが多い。その圧迫感と猫アレルギーのかゆみでいつも目が覚めるのだが、くしゃみをするとピロシキは後ろ足でみぞおちを蹴って逃げていく。そのキックの威力は、最近とみに増してきたように感じていた。

なるほど、ダイエットか……と、さらに巨大化したピロシキの想像が脳裏に浮かぶ。

「あ、そうだ。アーニャ、学校帰りうちに寄ってく？　夏限定スイーツのメニュー用に西瓜をたくさん仕入れたから、アーニャにも試食してもらおうかなあって」

「西瓜か……そういえば、食べたことはなかったな」

色や形は知っている。日本では夏に食べるものだということも。

けれど、その味や食感は何もわからない。甘いのだろうか、酸っぱいのだろうか。歯ごたえはしっかりと硬いのだろうか？

思えば、この未知に臨む感覚は日本へきてから何度目のものになるのだろう。

最初は戸惑いや不安のほうが大きかった感情も、今では楽しみが半分以上を占めていることに気づいた。

窓の外から射しこむ、銀色の鋭い陽射しが視界の隅できらりと光る。

何もかもが初めてづくしな、私の夏が始まろうとしていた。

Mission.1

アーニャの夏休み　夏祭り編

3LDKの白熊

みなさん、こんにちは。宗像旭姫（むなかたあさひ）です。

暦（こよみ）は八月。日本の学生は、全国的に夏休みを満喫中のシーズン。

それは、小学五年生のあたしも同じなんだけど……

「うぅ……暑いよぉ。なんだってこんな日にエアコンが壊れちゃうのよ……最悪ぅ」

今日の気温は、この夏最高の三八度。

窓という窓を全開にしてあるのに、家の中はまるでサウナみたいな状態だった。修理業者も忙しいらしくて、呼んでから五時間はたつけどまだこない。

どうやら故障が直るまでは、たっぷりこの熱帯気分を味わわないといけないようだ。

汗がずっと止まらず、常に水分補給していないと熱中症になりそう。麦茶のグラスが空になったので、おかわりを求めて冷蔵庫のあるキッチンへ立つ。

自分の部屋から、廊下に出ると……

「なんか落ちてる」

キッチンまでいく途中の廊下に、ぼてっと雑巾（ぞうきん）のようなこげ茶色の毛玉が落ちていた。

ハチワレ猫のピロシキ。うつ伏せに横たわり、両手両足を力なくでろーんと投げ出している。

「しかも、暑さで溶けて伸びてる……ながっ」

猫が長い。異常に長い。

見慣れている普段のピロシキよりも、確実に三倍ぐらい胴体が伸びている。

たぶん、少しでも体熱を放出するためどんどん長くなっていったんだろう。環境に適応した、おそるべき変形ぶりだ。

てゆうかこんな細長いの、もうあたしの知ってる猫の形じゃないし……ダックスフント？

よいしょとワキに手を入れてすくい上げてみると、だるーんと力なくピロシキの胴が伸びて垂れ下がった。

どこまでも長く長～く伸びる、猫の胴。

「……トルコアイスかな？」

重力に抵抗する気配を一ミリも感じず、どこまで伸びるのか不安になってすぐに下ろした。

「ピロシキ～。ちゃんとお水飲まないとだめだよ～？」

猫ルームに置いたお水の容器を廊下まで持ってきてあげ、ピロシキの横に置く。

でも、飼い猫になってはや五か月の元野良はそれを無視。今度はゴロンとひっくり返って、モフモフの白毛に包まれた腹側を天井に向けた。

ピロシキはさも暑苦しそうに、おなかの肉をハイペースで上下させている。あたしと目が合うと、フゥンと人間みたいに大きなため息をもらした。

いつも以上に無気力でふてくされたみたいな態度は、早くエアコンを直せと無言で催促してきているかのようだ。

「んもう、暑いのはわかってるよ～。早く業者さんきてくれないかなぁ……」

ピロシキの溶けっぷりを見ているだけで暑さが増してきた気がするので、放置してあたしはキッチンへ進む。

そしてダイニングキッチンの床に、また何かが落ちているのを見つけたのだった。

パンツ一枚の小柄な女の子が、さっきのピロシキそっくりの格好でフローリングの床に倒れている。もとい、落ちている。

なんというか、異能バトル漫画で重力系の攻撃をくらって圧(お)しつぶされた人のようだ。

「ちょっとぉアーニャ……いくら暑いからって、女の子が裸でなにやってるのよ?」

この子は、アーニャことアンナ・グラツカヤ一六歳。かなりワケありな、あたしの同居人。

元はロシアの秘密犯罪組織に属した凄腕(すごうで)の暗殺者だったというけど、今あたしの目の前に落ちている姿からは全然そんなイメージを感じない。

ただの半裸のだらしない、行き倒れ女子高生だ。

「うぅ……熱から逃れるために、猫にならって少しでも低い位置に避難していた……」

弱々しい声がかろうじて聞こえる。うつ伏せになっているから後頭部しか見えないけど、今どんな表情でいるのかはなんとなく想像がついた。

「これが日本の夏か……まるで地獄の釜(かま)で茹(ゆ)でられているようだ……」

行き倒れモードなアーニャの声は、今にも死にそうだ。

寒くて乾燥したシベリア地方でずっと育ったアーニャにとって、三五度超えの気温なんて不慣れなんだろう。それに加えて、むうっと息苦しくなるこの湿気は日本の夏特有のもの。適応できなくても無理はない。

でも、それにしたって……

「せめて服ぐらいは着なさいよ。別にアーニャのパンツ見たって嬉しくないし」

アーニャのお尻をビタンと叩く。小さく引き締まった、でもやわらかな尻のお肉がゼリーみたいにプルルンと震えた。

「ほら～。起きて起きて～」

弾力ある感触が手に気持ちよかったので、ぺちぺちと両手でヒップを連打していく。

なんだか音ゲーでもやっているような気分で楽しくなってきた。

けれど、アーニャは床で伸びたまま起きてくる気配さえない。あたしが尻を叩くタイミングに合わせて、「うぉ～」とか「んぁ～」とか無気力なうめき声だけが返ってくる。

「……なんかどこかで見た気がするなぁ。このアーニャ」

それがなんだったのかを思い出しつつ、スマホでネットのニュースを見返す。既視感の正体に、やがて行き当たった。

「そぉーだ。この白熊にそっくり！」

動物園のホッキョクグマが、おりからの猛暑でへばっているというニュース記事。それにくっついている動画の中で、クマさんはプールに飛びこんで気持ちよさそうにしていた。

キッチンの床で行き倒れているアーニャは、シルバーの髪色や色白の肌と相まってちいさな白熊っぽい。なら、水浴びすればクマさんみたいに元気を取り戻すだろうか？

あたしはお風呂場にいき、青いほうのカランをひねって冷水を出す。

そのままバスタブに溜(た)めていき、水風呂を作った。ついでに、冷凍庫から出してきたブロックアイスをたくさん投入する。

「よいしょ、よいしょ……っ、ほら白熊さん、ちょっとは自分でも動いてっ？」

それからアーニャの両腕を思いきり引っ張り、バスルームまでズルズルと運んでいった。

あたしとあまり変わらない小柄な身体(からだ)だけど、脱力しきっているせいでやたらと重い。なんだか死体を運んでるような気分になってくる。

「やだ～。汗でべたべた～」

フルパワーを使ってようやく風呂場まで運んでくると、あたしまで汗だくになってしまった。

「せーのっと……そりゃーっ！」

アーニャの下に潜りこむと彼女の太ももを両肩に乗せ、立ち上がる勢いのまま担(かつ)ぎ上げてバンザイする。ピンと立ったあたしの背中をレールにすべっていったアーニャの身体を、バスタブへ放りこむことに成功した。

どぶーん。

アーニャは、氷を浮かべた水風呂に頭から落ちていった。

両足が逆立ち状態で水面に出て、なんとかって昔の映画に出てくる有名なシーンのようになる。ドラッグストアの略称みたいな名前の……えぇと、スケキヨだったっけ?

「――ぷはっ」

氷水風呂の冷たさに、うだっていたアーニャもやっと息を吹き返したみたいだ。

水面から顔を突き出すと、なにが起こったのかわからずブルーの瞳をぱちぱちさせている。

白熊っていうよりは、アザラシの赤ちゃんみたい。

「きゃはははっ! どう、冷たい? 気持ちいい?」

「うぅむ……一瞬で生き返った。まさに地獄から天国だ……」

目を閉じてほけーっと放心しているアーニャの顔は、とっても気持ちよさそうだ。

「よーし、あたしも入っちゃお!」

あたしも氷水風呂を体験したくなり、勢いでバスタブに飛びこんだ。

「うひゃ~~つめたっ!」

首からつま先まで、全身を氷水の冷たさが包む。頭までどっぷり潜ると、ぼうっとしていた意識が一瞬でクリアになった。水から飛び出すと、目の前でアーニャが不思議そうな顔をしている。

「旭姫……ところで服を着たままだが？」

「脱ぐの、めんどくなっちゃった。どうせ汗びっしょりだし、もう関係ないわよ」

ああ、冷たくて気持ちいい。さっきまでは熱帯だったけど、今はもうまるで避暑地の涼しさ。

エアコンがない日本の夏も、それはそれで過ごしようがあるわね……


――ピンポーン♪


『お待たせしてすみませーん。エアコンの修理にまいりました～』

うっとりとパラダイス気分を味わっていると、インターホンから業者さんの声がした。

「あ、地味にピンチだ」

服ごと水びたし状態のあたしは、一瞬で我に返っていた。


かくして。

どうにか我が家のエアコンは復活し、３ＬＤＫに涼しさと平和が戻った。

ピロシキはいつものカウチソファの上で、快適そうに足を投げ出しひっくり返っている。

さっきまでの異常に伸びきったトルコアイス状態じゃなく、いつものふっくらした丸いフォルムに戻っていた。やっぱり、これがスタンダードな猫っていう感じだよね。

待ち望んだ冷房の下で、ピロシキは白目をむいて（正確には白目じゃなくて、瞬膜（しゅんまく）ってい
う第三のまぶたなんだけど）熟睡している。鼻の穴からピスピスという謎の呼吸音を鳴らし、
ときどき手足をピクつかせて幸せそうな夢の中。

アーニャとあたしは、さっき買ってきたアイスをキッチンで食べていた。

「それ、さっきのアーニャと同じ名前だよ？」

「……しろくま」

練乳たっぷりの真っ白なかき氷に、あんみつみたいにフルーツや黒豆が入ったカップアイス。

元は九州地方の名物だったらしいけど、今は全国のコンビニでも手軽に買えるようになった。

「うむ、甘くて美味だ……食べる前は、本当に熊の味がするのかと身構えていたのだが」

「それどんなアイスなのよ？」

「しかし、正直怖い気さえする。猛暑の盛りに、冷房のよく効いた部屋で冷たい甘味を食する
……そんな背徳的な快楽など、マフィアのボスぐらいにしか許されないと思っていたが」

「ちょ、マフィアのボスって！　なにそのたとえ、ウケる～」

アーニャのとことんズレた言い方がおかしくて、あたしは思わず爆笑してしまう。

そのとき、ふとアーニャの横顔が目に入った。彼女は真顔のままで、窓の外にひろがる夏空
に視線を遊ばせている。

まばゆい銀色がハレーションする夏の空も、それを見上げるアーニャの瞳も、どちらも青い。

でも、ふたつの青は決して同じような色じゃなかった。

北国の湖みたいに孤独で冷たい光が沈んだダークブルーの瞳は、ここじゃないどこかの景色を映しているみたい。今その瞳に映っている底抜けに開放的な真夏の空の紺碧(ミッドサマーブルー)からは、どこまでも遠くて暗い青の色。

そんなアーニャの横顔を見ていると、あたしは胸にきゅっと小さな痛みが走るのを覚える。

切ない想像をしてしまったせいだ。

アーニャはまだ、殺伐(さつばつ)とした過去の時間に心を囚(とら)われているんじゃないか――って。

もう、殺人マシーンだったあのころのアーニャはどこにもいない。

猫のように自由で平和な日常が、今は彼女の居場所になっているはず。初めて出会ったころに比べても、ずいぶん変わったとあたしも感じる。

でもきっと、人の心っていうのはスイッチを入れるようには切り換えたりできないものなんだ。それこそ、機械じゃないんだから。

一か月前。アーニャがペムプレードーさんと、誰もいない夜の山奥でバトルしたときのことを思い出した。

『傷を負った人間は、罪を犯した人間は、このさき心安らかに生きることを許されないのか？

私は、そうじゃないと信じたい……そうじゃなければ、生きていく甲斐がどこにある？』

あれは、アーニャが発した心からの叫びだったとあたしは思う。あの言葉こそが、アーニャが望んでやまない本心なんだって。

でもたぶん、今はまだそうなりきれてはいないんだ。

過去の傷や罪を忘れて、心穏やかに生きていく絶対の自信みたいなもの。それをまだ、アーニャは見つけられていないのかも。

そして……だからこそ自分が信じている希望の光を、アーニャと同じく過去に囚われたあの人にも見せてあげたいと思ったのかもしれない。

いつかはアーニャも、過去を忘れて幸せになれる日がやってくるんだろうか？

そのために、あたしがアーニャにしてあげられることは何があるんだろうか？

そう考えはじめると、胸がどんどん苦しくなっていく。

たまらなくなって視線を上げると、アーニャがおでこを手で押さえてプルプルしていた。

「……ッ」

「どうしたの、アーニャ？」

「急に鋭い頭痛が……ただ冷たいものを食べていただけなのに、なぜだ……」

「……ぷっ」

あたしはたまらず噴き出していた。

さっきまでの悩みなんか、目の前にある圧倒的な現実を前に吹っ飛んでしまう。

だってアーニャは、こんなにも普通でかわいい女の子なんだもん。

「ぷはっ……あはははっ！」

だから大丈夫。アーニャはきっと、幸せになれるよ。

言葉には出さずに、あたしは目でそうアーニャに語りかける。

もう、さっきみたいなさみしい瞳で空を見上げるアーニャの横顔は見たくない。

いつかは最後に残った暗闇を振りきって、真っ白な陽だまりの中にたどり着けると信じてる。

その日まで、誰よりもそばでアーニャを支えるから。

あたしが、ずっと。

🐾 松ねこ亭繁盛記

夏休みの間、わたし——松風小花は、実家の仕事を毎日手伝う決まりになっていた。

わたしの実家はとても古くて、ちょっとした旅館ぐらいに広くて大きい。いわゆる古民家ってやつで、その広さを利用して一階をカフェに改築している。

そして、わたしの家族は全員が猫好き。拾ったりもらったりして増えていった、たくさんの猫たちが一階のカフェスペースで毎日きままに働いている。

猫に会えるお店。そう、つまり猫カフェだ。

田舎っていうほど何もないわけじゃないけど都会というほど栄えてもないこの町で、唯一営業している古民家猫カフェ。

それが、ここ『松ねこ亭』。

今日もお店には、地元のお客さんたちが猫たちとの触れあいを楽しみに来店している。

その中には、わたしの学校のクラスメイトもいて——

「やっべ〜。ここん猫、相変わらず人なつっこすぎてウケるんですけど〜。つか、あたし狙われてね？　んにゃははっ、おっぱい踏み踏みすんなし。くすぐってぇー！」

畳の上に寝っ転がったギャルっぽい女の子が、身体の上にぴょんぴょん跳び乗ってくる猫たちと楽しそうに戯れている。真っ赤に染めた長い髪の毛と、ロケットみたいにボンと突き出したバストの迫力がとにかく派手だ。

彼女の名前はマデリーン・ダグラス。夏休み前にやってきた、アメリカからの転校生。

エニュオーっていうのがニックネームみたいで、アーニャはそう呼んでるし初対面のときにもそう名乗った。我が家の新入り猫あめちゃんの、命の恩人でもある明るい女の子だ。

そして、クラスメイトはもうひとり。

「私は、ここのスイーツメニューがお気に入りです。特に、この『松ねこ特製パフェ』は絶品……自家製ほうじ茶アイスの香ばしさと生クリームの濃厚さ、黄桃やチェリーといったフルーツの酸味が渾然一体となり実に芸術的。端的に言ってクソうめーですわね」

座卓の前に正座し、真面目な顔つきでパフェを食レポするのは黒髪ボブの女の子。いつも黒い眼帯をしていて独特の雰囲気がある彼女も、同じく転校生のアメリカ人だ。

リンジー・ロックウェルというのが本名だけど、エニュオーやアーニャはペルシスっていうニックネームで呼んでいる。

「ペルっち～。アンナちんのおうちのほうは異常なし？」

「はい。デイノーさんからのリアルタイム情報では、依然不審対象の接近は見受けられません。昨日はエアコン修理業者の出入りが確認されましたが、調査結果はオールグリーンです。なお、アンナ様は現在最寄り駅から電車にて移動中。行動履歴との照合から目的地はここ松ねこ亭と推測され、衛星軌道上から動向をフォローしています」

ペルシスは、ノートパソコンのモニターを見てなにやらエニュオーと会話している。話の内容はちんぷんかんぷんだったけど、アーニャの名前が出たっぽいことだけはわかった。

「ん？　アーニャがこっちにくるのお？」

「そうみたいだよ～。てゆうか小花(こはな)っちさ～。こないだのデートはどうだったん？　夏休み前にアンナちんと東京いったんしょ？」

寝そべったまま猫を持ち上げてじゃれ合いながら、エニュオーがこっちを見てニヤリと笑う。

「デート……なのかなあ？　あはは、でもいっぱい遊んで楽しかったよお」

「で、どこで遊んだの？　いいムードになったりした？　二人っきりになれる場所でとかさー」

思わず心臓がどきりと跳ねた。

二人っきりになれる場所。思い出したのは、もちろんアーニャと一緒に入ってしまった……あのラブホテルだ。

「なんか顔赤くね？」

「っ!? そ、そんなことないよお？ カラオケとか歌ったり……ちょっと冷房、温度下げたほうがいいかなあ？ 暑くない？」

図星を指されたような気がして、さらに顔が熱くなってしまう。ばれないように顔を背けると、エニュオーは特に不審に思った様子はなさそうだった。

近くにいた毛色の薄い茶猫のラテちゃんを抱き上げブラッシングしてあげながら、なんとか動揺をごまかす。ラテちゃんは気持ちよさそうに、うっとりと喉をグルグル鳴らしている。

そうしていると、大広間に新しいお客さんがやってきた。

「よっすー、こはっち！」

いつも冗談ばかり言っていて、クラスいち背が高い仲良しの梅ちゃん――梅田彩夏。そういえば、うちで猫をモフりながら夏休みの宿題をやりたいって昨日電話で言ってたっけ。

「おんや？ 今日はなんだか千客万来やのお～」

先にきていた転校生コンビを見て、梅ちゃんが意外そうなリアクションを見せる。

「梅ちゃん、いらっしゃあい。現国の読書感想文、なに読むかもう決めた？」

「まだ悩み中だけど、とりあえず『走れメロス』とか短そうだから買ってきた」

梅ちゃんは座布団の上に腰を下ろすと、かばんの中から文庫本を取り出した。

「じゃあ、もう読み終わったあ？」

「んー、今んとこメロスが激怒したあたり？」

「あはは、それ最初の一行目だよお」

あまりにも梅ちゃんらしい答えなので、思わず笑ってしまった。

「あたし、字だけの小説読むのってマジ苦手なんだよねぇ。そもそも、書いてあること自体を把握するのに必死でさ〜。これ誰で何してたっけ？　みたいにキャラとかストーリーがしょっちゅう行方不明になっちゃって、延々いったりきたりで進めないっていうか〜。そのうえ、後でまとめて感想書かないといけないわけっしょ？　絶対無理ゲーだ〜」

座卓の上に顔を横たえ突っ伏すと、梅ちゃんは盛大にため息をつく。どうやら本気で読書に苦戦しているみたいだ。

その向かいに座ってノートパソコンを触っていたペルシスが、ふと視線を梅ちゃんへ向けた。

「梅田。文字だけの本が苦手と言いましたが、たとえば教科書を読むのも苦手なのですか？」

「ん？　あー、教科書とかは別にね？　ああいうのは書いてあることが論理的っていうかさ、小説みたいにごちゃごちゃしてないじゃん。伝えたいことがシンプルでわかりやすいし」

話しかけられたのが意外だったのか、ちょっと驚いたような反応を梅ちゃんが見せる。わたしも同じく、ペルシスの行動に興味をひかれた。

転校してきたタイミングが夏休み直前だったのもあって、ペルシスがクラスメイトと話しているところを見たことはほとんどない。誰にでもフレンドリーに話しかけるエニュオーとは違って、ちょっとダークというか近寄りがたい雰囲気も感じるし。

「小説も同じですよ、梅田？」

「へっ？」

「どんな種類の文章であれ、人が人に向けて書いたものである以上は、伝えたい内容があり、それに沿って論理が構成されています。表面的な描写や記述に惑わされず、文意を読む視点を持てば混乱は少なくなるでしょう。あなたはただ、小説の読み方に慣れてねーだけです」

「ふーん。そんなもんなのかなー？」

「たとえば、これについて言うのなら……」

　ペルシスが手を伸ばし、ちゃぶ台の上の文庫本を手に取る。そして、最初のほうのページをぱらりとめくった。

「まず、この小説の主人公はメロスです。よってこれは、彼がこれから何をするのかを追うための文章になります。王ディオニスや親友セリヌンティウスといった人物も登場しますが、基本的には主人公を映す鏡にすぎません。よって、彼らに多くの意識を割く必要はないと言えるでしょう。梅田は主にメロスのことだけを考えて読んでいけばいいってことです。好きな俳優やアニメのキャラを脳内でキャスティングしたりすれば、自然とイメージが浮かんできやすくなり、内容の理解も進むでしょう」

　つらつらと語るペルシスのアドバイスに、梅ちゃんは圧倒されたように聞き入っている。

「また小説には多くの場合、なんらかの暗喩（アイロニー）が含まれています。筆者が読者と共有したい気分や寓意(ぐうい)といいますか……それもまた、主人公であるメロスを通じて伝わるようになっているはずです。読後に感想文を書くときは、その筆者の伝えたい意図のほうを書けばいいのですよ。登場人物の行動や劇中の出来事まで細かく言及する必要はありません」

「………」

「私の説明は理解していただけましたか、梅田(うめだ)？」

梅ちゃんは、黙ってペルシスの顔をじっと見つめている。ぼーっとしたような反応に、ペルシスがやや不安そうな表情を見せた。

「あー、ごめんごめん！　超わかりやすかった！　参考になるなる！」

「そうですか。それは良かった」

「てゆうか、何気に話したのは今日が初めてだよね？　リンジーって呼んでもいい？」

「はあ、特に問題ありませんが」

「うわやばっ。リンジーって、めっちゃ親切でいい奴だったんじゃん！　もっと早く話しかけてればよかった〜。こっちで勝手に壁作ってて、ごめんごめん！」

梅ちゃんがニカッと笑って、文庫本を持ったペルシスの右手を両手でぎゅっと握る。

突然そうされたペルシスの、眼帯をしていないほうの目がきょとんと宇宙猫(スペースキャット)みたいにまん丸な形になった。

「……少し大げさでは？　そもそも私は決して、梅田が言っている能天気な善人などではねーですわよ？」

それから我に返ったように真顔へ戻り、小さく咳ばらいをする。

「敬愛する恩人と身内以外は等しくどうでもいいと思っていますし、同世代の人間はみな馬鹿と見下すタイプの性格です。勘違いして馴れ合いを求められても、正直迷惑なのですが」

ペルシスが、握られた手を振りはらうように引き戻した。それでも梅ちゃんは、ニヤニヤ顔のまま楽しそうでいる。

「ん～、ほんとにそうかなぁ？　じゃあなんでわざわざアドバイスくれたん？　ほんとにそういう奴なら、あたしのことなんかガン無視一択に決まってるじゃんよ？」

「それは……目の前で延々と悩まれるのも邪魔に感じましたもので」

梅ちゃんのツッコミを受け、ペルシスの声と表情が弱々しくなる。コミュ力の強い梅ちゃんの押しに負け気味なのがわかりやすくて、なんだか微笑ましくなってきた。

「なんだか、アーニャさんと同じツンデレのにおいがするな～？」

「ちょっ……近いですよ、梅田」

座卓ごしにじりじり迫る梅ちゃんから、ペルシスが必死に視線をそらそうとする。そこへ。

「ペルっち～。いいかげん素直になれし！」

いつの間にか隣に移動していたエニュオーが、彼女の背中を笑いながらばしーんと叩いた。

思いのほか遠慮ない力加減だったのか、ペルシスが痛そうに顔をしかめる。

「おおうっ……エニュオー姉様まで意味わかんねーことを言わないでくださいまし」

「いやいや、自分で気づいてないだけっしょ。ペルっちさー、最近になってだいぶ丸くなってきたんじゃね？」

「……私が？」

真面目な口調で指摘するエニュオーに、ペルシスがつられたように真顔へ戻った。

「そーだよ。この前の一件でペム姉が一時戦線離脱して、ゆっくりお休みをとることになったじゃん？　その影響なのかもだけど、ペルっちのほうもなんだか肩の力がいい感じに抜けてきたっていうかさー」

「うんうん。あたしは前のリンジーのことは知らないけど、それ言えてるかもね。知らないけどな！　ギャハハハ！」

梅ちゃんとエニュオーが顔を見合わせ爆笑している。この二人は、なんとなく前から馬が合いそうな気はしてたんだよねぇ。

「二人が私をからかって楽しんでることだけは、伝わりました……まったくクソ迷惑ですわね」

タジタジになったペルシスがため息をつきつつ、またノートパソコンの作業に戻る。

（そういえば……アーニャも結構、最初のころから変わったかも）

わたしはそれをよそに、ロシアからやってきた銀髪の女の子のことを思い出していた。

初めて出会ったのは、今年の三月。いつの間にか、もう半年近くも前になる。

わたしたちのほかに誰もいない夕暮れの河川敷で、野良猫に向かって挑むように飛びかかっていく姿。まるで映画のワンシーンみたいな、あの一瞬は今も目に焼きついている。

ヒマラヤの雪豹を連想する色をしたショートヘアが強い風になびき、こがね色の夕陽を浴びて一本一本が透けるようにきらめいていた。

獲物を狙う青の瞳は、まるで戦場から帰ってきたばかりの兵士みたいに鋭くて……見た瞬間、その純粋さと迫力に心臓をつかまれたような気持ちになったのを憶えている。

そして、その翌日にまさかの転校生として再会したときの驚きも。

それからはクラスの席も隣同士で、いつの間にか仲良しになっていた。

この春にモーさんが虹の橋を渡ったとき、一緒に泣いてくれたのは本当に嬉しかったなあ。

うっとりするほど綺麗な女の子なのに、ときどきすごく不思議なこともしでかしちゃう……

そんなところが猫ちゃんにも似ている、わたしの大好きな一番の友だち。

いつも一緒にいるから気づきにくいけど、そんなアーニャも出会ったころに比べるとやっぱり変わったなあと思う。

とても表情が豊かになったし、みんなといて楽しいときに声を出して笑うようにもなった。

転校してきた最初のころは、口角が上がることさえほとんどなかったのに。

じゃあ、日本へやってくる前のアーニャってどんな女の子だったんだろう?

よくよく考えてみると、彼女の過去についてわたしは何も知らない。あのときに見た、戦場の兵士みたいな瞳の謎も。

(知りたいな。アーニャがロシアにいたころのことを……でも)

どうしてなのかはわからないけど、知ってはいけないような気もしてしまう。

わたしなんかが気軽に尋ねていいことじゃないような、見えない壁みたいなものをなんとなく感じる。

だから、今までは無意識にアーニャの過去に触れることを避けてきたのかもしれない。

けれど……もしアーニャと今より仲良くなろうとするんなら、その見えない壁を乗り越える勇気を出す必要もあるんだろうか?

(わたし――)

そう意識すると、胸がぎゅっと苦しくなってくる。

わたしがアーニャの過去に踏みこむことで、もしも彼女を傷つけてしまったら。それだけじゃなくて、今までの関係が一気に壊れてしまったら。

そのとき、アーニャはひっそりとこの町から姿を消してしまうような気がする。やってきたときと同じように、ある日突然、沈みゆく夕陽の向こうへと。

考えただけでぞっとする、わたしにとって凄く怖い想像。

だったら、ずっとこのままでもいいんじゃないだろうか。

たとえ見えない壁がそこにあったとしても、今までどおり気づかないふりをしていれば――

「アンナ様が到着されたようです」

ふと、ペルシスの声で我に返った。

受付のある玄関のほうから、お母さんと話すアーニャの声と足音が近づいてくる。やがて廊下を渡って、みんなのいる客間にアーニャが姿を見せた。

「はぶしょッ！」

猫アレルギー持ちな彼女は、いつものように盛大なくしゃみをする。その音にびっくりして、アーニャへ寄ってきた猫たちが一目散に逃げていった。

見た目も涼しげな銀色の髪とダークブルーの瞳は、今日もお人形さんみたいにきれいだ。

「やあ、小花（こはな）……おや、梅田（うめだ）たちもきていたのか」

垂れてきたハナをティッシュでかみつつ、アーニャは客間の面々を見渡した。

「アーニャ、いらっしゃあい」

アーニャの顔を見た瞬間、いつになく鼓動が速くなるのを感じる。

変に意識してしまわないよう、深呼吸して気持ちを落ち着かせた。

「うーわ、今日の松ねこ亭はどうなっちゃってんの？　アーニャさんまで参戦だよ〜」

「アンナちん、ちーっす！」

アーニャは座布団の上に腰を下ろすと、持ってきた紙の手さげ袋の中から洋菓子の大きな平べったい缶を取り出す。空になった紙袋を黒猫のキキちゃんがさっそく見つけ、ガサガサ音を鳴らして袋の中に潜ろうとしていた。

「今日、旭姫の……ええと私の義理の母親から、お中元のおすそ分けをもらった。私と旭姫だけでは処理しきれないので、おすそ分けのおすそ分けということで受け取ってほしいのだが」

「わあ、ありがとお。おいしそうだねえ。じゃあ、さっそくみんなでいただいちゃおうか？」

わたしはみんなのぶんのお茶を新しく淹れると、アーニャが持ってきてくれたお菓子と一緒に配っていく。

「そういえば、来週は夏祭りだねえ。お母さん、今から町会の人と盆踊りの練習してるよお」

「夏祭り？」

「うん。市内の大鷹神社で、毎年お盆の季節にやるの。アーニャのマンションからだと、バスで一五分ぐらいかなあ」

「あ、そうか。アーニャさんは今年からだから、当然知らないわけだ。縁日とかってわかる？」

「知識としてなら。そうか、この土地の祝祭というわけか」

「Ｆｅｓｔｉｖａｌッ！　いいじゃんいいじゃん、お祭りイベント超アガる～！」

夏祭りの話題が出て、そばで聞いていたエニュオーが敏感に反応してきた。

「ペルっち～。したら、ウチらもいくしかないっしょ？」

「は……いずれにせよ、アンナ様が動くのであれば我々も随行することにはなりますが」

「そろそろ、その変なＶＩＰ扱いはやめてくれないか。私に身辺警護などは必要ない」

「いいえ、それはプロフェッショナルとして絶対に聞き入れられません。ほかならぬペムプレードー姉様から授かった、チーム《グライアイ》としての最重要ミッションですので……敬愛する姉様が復帰するまでは、エニュオー姉様ともども万全を期して参ります」

なんのことだかわからないけど、ペルシスに要求を拒否されたアーニャが困り顔になっている。やっぱり、最近のアーニャは表情豊かになったと思う。

「どうした、小花？　私の顔になにかついているか？」

「えっ？　う、ううん！　なんでもないよお」

と、そのアーニャと視線が合ってしまう。うっかりアーニャの顔に見とれていたのを、わたしはあわててごまかした。

「そおだ……そしたらアーニャ、一緒にお祭りいこうよ。浴衣とか持ってるう？」

「浴衣……つまり日本のキモノか？」

「うん。アーニャが着てくるなら、わたしも浴衣で合わせちゃおうかなあって」

「持ってはいないが、興味深い。では、祭りの日までに浴衣を調達しておこう」

「そしたら、当日は浴衣合わせで決まりねえ。ふふっ、楽しみだなあ」

浴衣姿のアーニャを想像すると、自然にテンションが上がってきた。きっと、めちゃくちゃかわいいだろうなあ。

頭の中は、もう夏祭りのことでいっぱいになってしまった。おかげですっかり、さっきまでのモヤモヤした気分を忘れていたことに気づく。我ながら、ほんとに単純な性格だなあ。

足下に寄ってきた三毛猫のチョビちゃんが、そんなわたしにあきれたようにニャーと鳴いた。

とんかつ猫と旭姫のブラジャー

私の名はアンナ・グラツカヤ。

かつてロシアの地下犯罪組織に属する暗殺者だった一六歳だ。

ほんの半年ほど前までは、猫というものが大の苦手だった人間である。


だが今の私は、ピロシキと名付けたハチワレ柄の元野良猫と一緒に暮らしていた。

そして猫という独立心の強い生きものは、人間の思惑には従わないのが通常運転なのだ。

そんな自由で最強な同居人と生活をしていく上で最も困難と言えるミッションに、私は今まさに立ち向かわなくてはならない状況にある。

それは——

「いい、アーニャ？　お風呂場でピロシキを洗うわよ」

同じく私の同居人である、小学五年生の旭姫(あさひ)が緊張気味に宣言したとおりであった。

猫を洗う——すなわち、猫飼いにとって最大級の難度を誇るミッションである。

「猫って、異常なまでに水を嫌がるものなの。だから激しく暴れたり鳴いたりするだろうけど、絶対に途中であきらめちゃだめよ」

「うむ。ピロシキをこのままにはしておけない。作戦を実行する」

真剣に旭姫が念押しするように、猫は習性として水に濡(ぬ)れることを忌避(きひ)する。猫の祖先であるリビアヤマネコが砂漠の乾燥地帯に生息していたころからの、遺伝子に刻みこまれた本能だとも一説では言われていた。だが猫を飼う人間は、その数千万年に及び連綿と受け継がれてきた本能に挑まなければならない。

当事者猫のピロシキは、ついさっきやらかした大事故など我関せずとばかりに涼しい顔をしている。

悲劇はつい一〇分前、夕食の支度中(したくちゅう)に発生。

今夜のメニューは、とんかつだった。

旭姫がキッチンに置いた、パン粉と溶き卵がそれぞれ入った二つのボウル。いい匂(にお)いに引き寄せられたのか、旭姫の足下にいたピロシキがそこへ向けて突然ジャンプを敢行――あとは、もはや言うまでもないだろう。

盛大にボウルをひっくり返したピロシキは、その中身を全身にかぶってしまったのだ。せっかくのやわらかな猫毛は、哀(あわ)れこびりついた卵とパン粉にまみれガビガビになっている。とんかつならぬ猫かつ、後はサラダ油で揚げるだけといった状態だ。当然、このままで放ってはおけない。

こちらもずぶ濡れになる覚悟でピロシキを丸洗いするべく、すでに私たちはTシャツにパンツ一枚という臨戦態勢に入っていた。

「旭姫。バスルームのドアを開け、侵入経路を確保せよ。目標地点まで最短距離で突破する」

「うん、開けてきた！」

「了解。作戦フェーズ2に移行する。トラップを発動——猫じゃらしで、標的の意識を誘引せよ。私は後方より標的に接近する」

旭姫がうなずき、私が立案した作戦の実行へ移行する。

「ピロシキー。遊ぼ？　ほらほら、大好きな猫じゃらしだよ〜」

旭姫は文字どおりの猫なで声で、手にした猫じゃらしのスティックをヒラヒラと動かす。ピロシキが瞬時にそちらへ興味を示した。

大きな黄色の目をまん丸に見開き、一心不乱に飛びかかっていく。旭姫はピロシキがキャッチする寸前で猫じゃらしをすばやく遠ざけ、猫の動きを誘導していった。

私は旭姫とアイコンタクトを取りながら、かつて暗殺者として培ったスキルで気配を遮断。わずかな足音も立てることなく、ピロシキの死角となる後方へと回りこんでいった。

（——今！）

私は素早く間合いに飛びこむと、ピロシキの身体を背後から抱きしめた。急に捕まえられたピロシキは、何が起こったのかとっさに理解できずキョトンとしている。

「アーニャ、今よ！」

旭姫がバスルームへの道を示す。私はピロシキがリアクションを起こすよりも早く、その中へと駆けこんだ。旭姫も後ろから続き、間髪を入れずバスルームのドアを閉める。

おとなしかったピロシキだが、旭姫がシャワーの栓をひねって湯を出すと劇的な反応を見せた。イニャアアアアとも フギャアアアアともつかぬ不気味なうなり声を上げ、必死に身体をねじって拘束から抜け出そうとする。

私は精密な指先のコントロールを発揮し、その動きに対応していった。隙あらばスライムのような軟体ぶりを発揮する猫ボディを逃さないよう、持ち手の位置をミリ単位で調節していく。

「頼む、おとなしくしていてくれ……！ 旭姫、早くシャンプーを！」

「ピロシキ、ごめん……我慢しててね！」

旭姫はまず、ぬるめの適温に調整したシャワーをピロシキに当てた。

あふれ出る湯が猫毛の表面を濡らしていく。ピロシキの悲鳴が哀れさを増し、私の胸をかきむしる。だが、ここは耐えなくてはならないのだ。

「あいたっ！」

暴れるピロシキが私の手に爪を立てた。猫の爪は鋭く、皮膚に軽く血がにじむ。だが私はこらえ、決してピロシキを手放さないよう腕の力加減を調節する。

だが敵もさるもの。一説には液体とも言われる変幻自在ぶりを発揮し、徐々に身体の位置をずらしていく。次第に、ピロシキをホールドする腕のポイントがずれてきた。

「くっ……旭姫、急げ！ もうあまりもたないぞ！」

「う、うん……！」

旭姫は猫用シャンプーを容器から掌に出し、それをピロシキの体毛にこすりつけていった。何度もこすり立てていくと、みるみる猫の全身が白い泡に包まれていく。

ミッション成功か——というまさにそのとき。

ピロシキの身体が、まるでウナギのようににゅるっと私の腕からすり抜けた。

そして、スポーンという音が聞こえそうな勢いで空中に脱出を果たしたのだった。シャンプーの泡によって、摩擦係数が急激に低下したせいだ。

「あーっ！」

旭姫が絶望の悲鳴をあげる。

だが私の鍛えられた反射神経は、標的の予想外の動きにも瞬時に対応していた。

ピロシキの跳躍軌道を読み、すかさずこちらもバスタブへ駆け上がってジャンプ一番。バスケットボールの空中戦の要領で、再びピロシキを伸ばした両手の中にキャッチしていた。

「さっすがアーニャ！」

だが、仕上げの着地をミスった。私は濡れたバスタブの縁でつるりと滑って、後頭部を思いきり浴室の壁にぶつけていた。目から星が盛大に飛び散る。

力がゆるんだ拍子にピロシキがまた脱出してしまうが、旭姫がとっさに手を伸ばしてそのうなじのたるみをガッシリとつかんでいた。うなじは、猫がおとなしくなる急所の一つだ。

「い、いたた……ナイスフォローだ、旭姫。さあ、仕上げといこう」

私は思わず、たんこぶができた後頭部を手でさする。

猫を捕まえた旭姫に代わってシャワーヘッドを取り、暴れるピロシキの泡をきれいに洗い流していく。ピロシキは相変わらずニャオオーンと哀(あわ)れな声を上げて水分を拒絶しているが、もうあきらめたのか暴れることはなくなった。

「よし……洗い残しはもうないな」

旭姫はバスルームのドアを開け、バスタオルで濡れたピロシキの毛を拭(ふ)いてやる。それからドライヤーの温風を当てて乾かしてやると、ソファの上に寝かせた。

精も根も尽き果てたといった様子で、ぐったりしたピロシキは目を閉じている。だが激闘の甲斐(かい)あって、その毛は再び元通りのつややかさを取り戻していた。

「ふう、お疲れさまぁ……災難だったね、ピロシキ?」

私と旭姫もまた、丸くなったピロシキをはさんでソファに座りこむ。どちらからともなく、疲労のため息がこぼれ出た。

「あたしたちも、お疲れさまだったね……」

「うむ……これにて作戦終了(ミッションコンプリート)だ」

思わぬ食前運動をしたおかげで、夕食のとんかつはいつにも増して美味に感じた。

一九時すぎになり、猫に続き人間のほうも入浴する時間がやってくる。

「旭姫。バスタブにお湯が張れたぞ。今日は暑かったからぬるめにしておいた」

洗い物を終え、リビングのソファでテレビを観ていた旭姫に声をかける。

「ん。あたしは後で入るからいいや」

私はその生返事に違和感を覚えた。

いつもなら、私たちは一緒に入浴をする。それは、同居生活を始めてからずっと続いている習慣だった。旭姫が、シャンプーで目をつむるときに一人では怖いという理由からだ。

「旭姫、どうした？　体調でも悪いのか？」

「別に。なんでもないってば……ただの気分よ」

旭姫の返事はそっけなく、何かを私に隠しているように感じられた。

そういえば、前にも似たようなやり取りがあった気がする。あれは今年の三月、殺し屋である明良の仕事をアシストした際に無断で外泊した翌日。

あのときの理由は、たしか……

「ちょいちょいちょいっ!?　なにまた人のにおい嗅ごうとしてるのよ!?」

「体臭を気にしているんじゃないのか？　前と同じく異臭はしないし、私も気にしないが」

「……違うから！」

頬を赤らめた旭姫は、両腕で自分の胸を抱くような仕草を見せる。

明らかに秘密を持ち、隠しごとをしているような挙動に感じた。電光石火の早業(はやわざ)で、旭姫の着ているカットソーシャツの裾に手をのばす。私の第六感が、秘密はそこにあると告げている。

「ひゃああ!?」

一気に胸までめくり上げようとしたが、間一髪の差で阻止されヘソの上で止められた。

「ばかぁ、なにすんのよ!?」

「旭姫。服の下に何か隠しているな?」

そのままシャツをめくろうとするが、旭姫が全力で抵抗しているため膠着(こうちゃく)状態に陥(おちい)る。

そこまでの必死さでいったい何を隠そうとしているのか、私はなお気になってしまう。

「もしかして……」

「やだー！　やめてよアーニャ！　エッチ！　変態ッ！」

「友だちからいじめを受けているのではないのか?」

以前、夕方のニュース番組で見たことがある。小学校で巧妙ないじめが横行していて、外から見えない場所だけを狙って攻撃するというものだ。そのため、子供が服を脱いでアザが見えるまでは保護者も気づかなかったという。

「へっ?」

旭姫の表情が、ぽかんとしたように固まる。力がゆるんだ瞬間、私の手は旭姫のシャツを首元までめくり上げていた。

すべやかで真っ白な、旭姫の裸の胸が露わになる。

そこには、私が心配したようなアザや生傷などは何もない。

ただ、今までは気づかなかった変化がそこにはあった。

「……成長したな、旭姫」

「バカーッ！」

びたーん——と、私のほっぺたを派手な音とともに衝撃が襲った。


結局いつものように、そのままふたりで入浴することに。

バスタブの中で私と向き合いながら、旭姫はまだ怒っているようだった。

「アーニャにセクハラされた……」

「すまなかった。旭姫があまりにも必死に隠そうとするので、気になってしまったんだ」

ちゃぽん、と水音を鳴らし旭姫が口元まで湯面につかる。ぶくぶくと泡を立てて遊びながら、上目づかいでこちらを見ていた。なにか話しづらいことがあるときの、いつもの仕草だ。

「そうだったのか……思えば最近、タオルで前を隠していることが多かった気がするな。この前の水風呂のとき、服を脱がずに飛びこんだのもそのせいか。しかし、当たり前の第二次性徴にすぎない。アーニャのときはどうだった？」

「……アーニャのときはどうだった？」

湯面から顔を出し、旭姫が切実そうに訊いてくる。

「まったく意識することはなかったな。医学的な知識はあったし、そもそも肉体については、外観よりポテンシャルが重要という認識だった」

「アーニャの育った環境だと、そりゃそっか……最近急にふくらんできて、どうしようかって思ってたのよね。もうブラジャー着けてる子もクラスにはいるけど、自分が着けるとなるとなんかエロいっていうか意識しちゃうっていうか」

「スポーツタイプのものなら、性的なイメージは少ないんじゃないか？」

「ああ、そういうのもあるよね。てゆうか、お店まで買いにいくのが恥ずかしいの。サイズ感がデリケートそうだから、ネット注文だとちょっとなって思うし……今度帰ったときにママに相談しようかなって思ってたけど、まさか先にアーニャと話すことになるとはね」

「触ってみてもいいか？」

「はあ!?　なに考えてるのよ!?」

ふと思いついて尋ねると、旭姫が顔を真っ赤にして叫んだ。

「サイズが合えば、私のブラがそのまま使えるかもしれない。その確認だ」

「あ、そういう意味か……じゃあ、ちょっとだけよ？　変なことはしないでよね」

旭姫が怒ったように目をそらし、唇をぐっと嚙んだ。

許可を得て、私は湯の中で手を伸ばした。前方にある胸に触れようとするが、旭姫が無意識に腕でガードしようとしてくる。私はそっとその腕を外すと、旭姫の胸に掌を当てた。

「ひゃうっ……！」

旭姫の細い肩が、ふいに電気を流されたようにぴくりと動く。

手の中に存在するものは、決して平面ではなかった。控えめながら確実に存在する立体のふくらみ。感触もまた、指先をやさしく吸収するやわらかさを帯びている。

そして。

初めて会ったときから約半年。旭姫のたしかな成長が、私の掌をとおして伝わってくる。

「んっ……！　ちょっと痛っ……」

「あ……すまない」

指先がうっかり胸の先端部に触れると、旭姫が軽く痛みを訴えてきた。敏感さもまた成長の証か。

「もう確認できたでしょ！　お触り禁止！」

旭姫が顔を真っ赤にさせ、私の手をつかんで押し戻す。

「それで、どうなの？　合いそう？」

今度は自分の胸に手を当て、記憶した旭姫のサイズと照合して判断してみた。

銃器類のメンテナンスは、時にはコンマ数ミリ単位の微調整を必要とする。肉眼では判別困難な違いも、私には指先の微細な感覚で把握できた。

「……やはり、微妙に違うな。カップ自体は変わらないと思うが、私のものではサイズがゆるくなってしまいそうだ」

「マジで？　そっか、さすがにアーニャよりかは身体も小さいしね」

そう言いつつ、旭姫が私の胸に手を触れてきた。

「なぜ触る？」

「だって、あたしだけ触られて損した気分なんだもん。アーニャのおっぱい、まだもんだことないし」

「普通はもまないだろう……んっ、こら。なにをしている」

金庫のダイヤルを回すような手つきで、旭姫が私の先端部をいじってくる。なんだか、ヘソの奥がもぞもぞして変な気分になってきた。

「えへへへ、さっきのお返し～。アーニャも、やっぱりここは敏感なんだぁ」

「微妙にくすぐったい……というか、人の乳を触って面白いのか？」

「だって、ふにふにして気持ちいいんだもん。猫ちゃんをモフるのと一緒だよ」

そう言われて、ピロシキの背中をマッサージしているときの感触を思い出す。どうやら、人はやわらかいものの誘惑には抗えないものであるらしい。

「それはともかく、明日あたり旭姫のブラジャーを買いにいこう。一緒なら恥ずかしくはないだろう？　ちょうど私も、浴衣を買いにいこうと思っていたところだし」

「浴衣(ゆかた)？　あ、大鷹(おおたか)神社のお祭りに着ていくのね。小花(こはな)さんたちと一緒にいくの？　着付けならあたしできるから、やってあげるよ」

「それもお願いしたいが、祭りの当日は旭姫(あさひ)とも一緒にいきたいと思っているのだが」

私がそう言うと、旭姫はまた口元を湯面に沈めた。

「私の気持ちはもう知っているはずだ。私は、旭姫との時間も級友たちとの時間も同じく大切にしたいと思っている。変な遠慮(えんりょ)はしないでほしい」

ちゃぽんと水音が立ち、旭姫が湯面から顔を出す。

「うん、わかってる。あたしだって、アーニャと一緒にお祭りいきたいもん」

「よし、決まりだ……あと、いつまでいじっている。そろそろ上がらないとのぼせるぞ」

「え～。もっと触ってたいよー。なんかこれ、癖になりそうでやばい……」

わけのわからない駄々をこねる旭姫を、ひょいとお姫様だっこに抱え上げバスタブから出た。


翌日。昼食を済ますと、昨日たてた予定どおり県庁所在地の駅まで買い物に出かけた。ピロシキのために、冷房の設定温度を少しぬるめに調整してから部屋を出ていく。

最寄りの駅から私鉄で五駅ほど移動して下車すると、地元の街並みとは段違いにひらけた駅前繁華街の風景が広がっていた。

以前キャットタワーを買ったホームセンターも入店している、この地方でもかなり大型の部類に入る商業施設ビル。四階の女性下着売り場で、まずは旭姫のブラジャーを選ぶ。

「なるほど、ファーストブラというのか」

ちゃんと小学生用の専門コーナーがあったので、そちらに飾られた商品サンプルを旭姫とともに見て回る。

「うーん。やっぱりガチめな感じのスポーツブラより、デザインがかわいいやつのほうがいいかな～。アーニャはどれがいいと思う？」

「私が選ぶのか？　と言っても私には……」

わからないので、と言いかけた言葉をとっさに呑(の)みこむ。

そんなやりとりしかできないままでは、いつまでも同居しているだけの他人のままで変わらない。自分の服さえ選んだことがない私にとっては、かなり難度の高いミッションだが。

いつも旭姫が着ている服やアクセサリーなどの色使いを思い浮かべると、直感のままこれはと思う品を手にとった。

「これなどはどうだろう」

選んだのは、淡いスミレ色の生地と、縁の部分に濃い紫色のフリルをあしらったブラジャーだった。女児用ながら、比較的大人っぽく洗練された印象がある。

旭姫の性格として、露骨(ろこつ)に子供ふうのデザインは嫌うだろうと思った。また旭姫は、人気アニメに出てくる紫がイメージカラーの女性キャラクターが好きだったはずだ。ランドセルの色に薄紫を選んだのも、その影響があると推測できる。

「あ、この色かわいい〜。ヒラヒラのフリルがついてるのもおしゃれだね」

旭姫の目が輝く。どうやら私のセンスは正解だったようだ。

「よろしければサイズお測りしましょうか。そちらのお嬢さんのファーストブラですね？」

私たちの会話を聞いていた女性店員が、にこやかに話しかけてくる。旭姫はこのデザインが気に入ったらしく、店員とともに試着コーナーのカーテンに消えた。

しばらくして。

「アーニャ、アーニャ。ちょっときて？」

カーテンの隙間から旭姫が顔を出し、私を呼ぶ。

「見てほしいんだけど」

私はカーテンをくぐり、旭姫のいる狭い試着スペースの中に入った。

どうやら、採寸してぴったり合うサイズの在庫があったようだ。私はブラジャーを着けた旭姫の姿を前にする。

「…………」

ふいに、なぜだか背徳的な気分が襲ってきた。

旭姫とはいつも一緒に入浴していて、裸は見慣れている。けれど、その胸にブラジャーをした下着姿を見るのはこれが初めてだ。

ブラジャーという下着の存在があることで、布地の下にある旭姫の胸が、隠すべき性的な部位なのだと強く意識してしまう。反射的に目をそらしていた。

「似合ってる？　てゆうか、アーニャなんかキョドってない？」

「っ……いや、蛍光灯がまぶしかっただけだ。サイズも合っているようだし、いいと思うが」

「うん、あたしも気に入った。これにする！」

旭姫が服を着る間に会計を済ます。初めて買ったブラジャーの入った店の袋を手に、旭姫はご満悦といった様子。

私はようやく、さっきの動揺から立ち直りつつあった。

なにかとても危うい一線に直面したような、そんな気分だ。旭姫が着替えているところは、しばらく意識して見ないようにしよう……

それから、私たちは浴衣(ゆかた)を扱う売り場を探してビル内を見て回ることに。

「あ、ちょっと待って」

フロアにテナントしたブックストアの前を通りかかると、旭姫がふいにそちらへ向かった。

雑誌コーナーで何かを探すと、見つけたティーン女子向けファッション誌を手に取る。

「う～ん……今月号も載ってないかぁ」

パラパラとグラビアページをめくっていた旭姫が、落胆したように雑誌を書棚に戻した。

「なにか探していたのか？」

「ファンだった読モの子。もう半年ぐらい雑誌に出てなくてさ……辞めちゃったのかなぁ」

そういえば、以前に読者モデルの女の子にファンレターを書いていたのを思い出した。たしか、旭姫より二つか三つ年上だったように記憶している。

「一時期、SNSに悪い噂が流れててさ……それで、ちょっと気になってたんだ」

「どんな噂なんだ？」

「読モになる前に、ロリコン向けの着エロジュニアアイドルの仕事やってた黒歴史がバレたからクビになったとか。母親がクズで借金まみれだから、お金のためにほかにも危ない仕事をさせられてるとか……まあ割りとシャレにならない系のやつ」

旭姫と同年代の少女が、本来は子供を守るべき親によって搾取を受けている。それはたしかに痛ましい話だろう。

しかし、人の生きる世界にはそうした負の一面が存在するのもまた厳然たる事実ではある。

私がかつて属していた犯罪組織《家》の少年少女たちも、親によって人身売買の暗黒市場に売られてきた貧困家庭出身者が多かった。たとえ日本のような戦争や飢餓と無縁の平和な国であっても、人間が社会を形成している以上は貧困と腐敗は宿命として存在する。

「まあ、ネットの噂なんて真に受けてもしょうがないけどね……そんなことより、さっさとアーニャの浴衣を探そうよ。ちゃんとした着付けは帰った後でやってあげるから、試着はサイズの確認だけでいいよ。帯とか下駄とか、ほかにもいろいろ買わないといけないしね」

「旭姫は買わなくても大丈夫なのか？」

「あたしのはもうあるもん。去年買ってもらったばっかりだから、まだ全然着れると思うし」

　それから改めて浴衣売り場を探す。今度は旭姫に私のものを選んでもらう形になったので、さっきのような気苦労はなかった。無事購入を終え、帰路につく。

「旭姫にまかせて正解だったな。いい買い物だった」

「でしょ？　アーニャの髪色に合うカラーとか、いろいろ考えて選んだんだから」

　行きと同じ電車に乗ってマンションの部屋に帰宅すると、さっそく旭姫に協力してもらい浴衣を着用してみる。

「……うん、そうそう。たるみ部分のおはしょりはちょうどよく作るのにコツがいるんだけど、だいたいこれぐらいにしておくと見栄えがいいわね。帯はこうやって巻いてっと……前で結び目の形を整えてから、えいやって感じで後ろにぐるっと……」

　宵の口を思わせる茄子紺色の地に、薄桃色の花がちりばめられたシックで涼しげなデザイン。帯の色は臙脂色だった。旭姫はてきぱきと、私の周囲をぐるぐる回って浴衣の形を整えていく。

「どう？　なかなかいい感じじゃない？　超かわいいよ、アーニャ」

　スマートフォンの自撮りモードで映した液晶画面を、旭姫が得意げに私に見せる。初めて目にした自分の和服姿に、私はカルチャーショックを覚えざるをえない。

「おお……まるでニンジャだ」

「はあ？　なにそれ」

「クラスメイトがやっていたスマートフォンのゲームで、こんなキモノを着た少女がニンジャを名乗っていた……いや、もっと丈が短くて露出度が高かったか？」

「どんなゲームかはあえて聞かないけど、それってたぶん時代劇とかで見るタイプのニンジャじゃないと思う。忍んでないし」

冷たい目で旭姫に一刀両断された。そうか、タイマニンというのはノーマルなニンジャではないのか。

「まーた変な知識を仕入れてきてさ……あ、ちょっと裾が乱れてるわね。直さないと」

私の腰の高さまでしゃがみこむと、浴衣の裾を大きくひろげて着付けの直しをはじめる。

旭姫のその手が、急にぴたりと止まった。

「……うそでしょ」

ひろげた裾の奥に視線が釘付けになった旭姫の顔が、みるみる紅潮していくのが見えた。

「ちょっと、なんでパンツはいてないのよ!?　今さっきまで普通にはいてたでしょ!?」

「脱いだ。キモノを着るときには下着ははかないという風習を、ふと思い出したので」

「もう、またそういうズレた知識ばっかり！　昔はそうでも、今はラインとか透け感には気をつけるけど普通にはいてていいの！　……あーもう、至近距離で見ちゃったじゃない」

「いつも風呂で見ていると思うが？」

「普段はそんなじっくり見てないし！　……ああ〜、アーニャのが目に焼きついちゃったよ〜」

後ろにひっくり返った旭姫が、顔をおおってジタバタもがいている。

妙に理不尽な気分を覚えつつ、私はカレンダーに印をつけた夏祭りの日を確かめていた。

夏祭りの夜

そうして、夏祭りの日はやってきた。

旭姫はその日までに一週間ほど実家へ帰省しており、私の部屋へ戻ってくるついでに家から自分の浴衣を持参。今日はそれを着ていくようだ。

二人ぶんの着付けにあわただしい私たちの様子を、猫のピロシキがキャットタワーのてっぺんからじっと見下ろしていた。身体を平べったく伏せ、油断なく監視しているような雰囲気を感じる。どうやら浴衣姿の我々から普段と違う異常を察し、興味を持ちつつも警戒しているといった様子だ。

「じゃあピロシキ、お留守番よろしく～。帰ったら美味しいおやつあげるからね～」

小花たちとは現地で合流の予定。特にお互い時間は決めていない、ゆるい約束にしてあった。

マンションを出たのは、夜の一九時近く。すでに日没を迎えていたが、外はまだ明るかった。西の空が白っぽくにじんだオレンジの残照に輝いている。

国道沿いの大通りに出ると、炎天下で炙られたアスファルトの熱気がまだ去らずに漂っていた。じっとりと蒸れた日暮れどきの暑気に、浴衣の下がすぐに汗ばんでくる。

浴衣と一緒に買った下駄の音が、車の排気音に混ざってからころとアスファルトに響く。

停留所でバスを待って乗車すると、祭りが行われている大鷹(おおたか)神社前へ向かう。バスの中では、私たちと同じような浴衣(ゆかた)姿も何人か見かけた。

目的地に着くと、バスを降りる。そのころには空から残光も消え、頭上はきれいな夜の群青に染まっていた。こころなしか蒸し暑さもやわらぎ、汗ばんだ肌に心地いい風がぬるりと吹いている。

人の流れに沿って歩いていくと、やがて大きな朱塗りの鳥居が見えてきた。

神社の境内(けいだい)には、縁日の屋台が所せましと軒を連ねている。

白熱灯や裸電球のギラギラした強い光が、夜の暗さに沈んだ風景をスポットライトのように浮き上がらせていた。昼間の自然光とはまったく違う、鋭角に切り分けられた光と闇。

隣を歩く旭姫(あさひ)の横顔に生まれる陰影も濃く、まるで知らない少女と一緒にいるような錯覚を一瞬だけ覚えてしまった。

非日常の異界……祝祭には、どんな国のものであれそんな側面があるものだ。

行き交う人だかりの騒がしさや、ソースやザラメの焼ける香ばしいにおい。その中を歩いていると、自然と気分が昂揚(こうよう)してくるのを自分なりに感じる。

「晩ごはん食べないできたから、においで超お腹すく～。ねえアーニャ、なんか食べよ？」

「うむ。私も初めて見る食べものばかりだ……実に興味深い」

「せっかくだから、いろんなのを二人でシェアして食べよっか」

旭姫の提案で、屋台でたこ焼きと味噌田楽、焼きそばを一人前ずつ買った。参道の隅に並んだ縁石に腰かけ、初めて体験する屋台の味覚を味わう。

「はいアーニャ、あーん」

つまようじに刺したたこ焼きを、旭姫が一つ私に差し出してくる。どうやらこのまま食べろと言っているらしい。

あむ、と一口でほお張った。カリッと焼けた表面の内側はトロトロに溶けており、舌が火傷しそうに熱い。濃いソースと鰹節と小麦粉の風味が一度にひろがる。大きなぶつ切りの身を噛み切ると、たこ焼きという名前の由来がようやくわかった。

「あたしにも食べさせて～」

今度は旭姫が、あーんと大きく口を開ける。

私は彼女にならい、つまようじに刺した一個を旭姫の口に投入した。はふはふと熱さを持てあましながら、おいしそうにたこ焼きを咀嚼している。

田楽につける味噌は蜂蜜のように甘く、普段の味噌汁に使うものとはまったく違った。こんにゃくの淡白な味に、濃厚な田楽味噌はとても良く合う。

「焼きそばも食べよーっと。割り箸、ちゃんと二本もらっといたよね？」

スチロール容器に入った焼きそばを平たい縁石の上に置き、旭姫と一緒に箸で食べる。

たこ焼きに続いてのソース味だが、青のりや紅ショウガが程よいアクセントになっている。

肉よりキャベツの割合が多い具も、さっぱりして食べやすい。

「ん〜っ、ジャンクでおいひ！　やっぱ縁日といえば、屋台の鉄板焼きそばは外せないよね〜

……そういやアーニャって、お箸の使い方はどこで覚えたの？」

「ユキから教わった。マンツーマンで日本語を学習する中で、月に何度か日本の手料理を作ってくれたことがあったんだ」

何気なく向けられた旭姫の質問に、私は答える。

記憶の中に蘇った面影に、真夏の夜の蒸し暑さが一瞬だけ遠ざかったような気がした。

「そっか、ユキお姉ちゃんから……」

ハッとしたように、旭姫が息を呑む気配。

ユキは、旭姫がずっと会いたがっていた父親違いとなる姉だった。けれどもう、姉妹が対面する機会は二度とはやってこない。

少し空気がしんみりとしたところで、私のスマートフォンが振動し通知を報せた。小花からの着信だ。

『もしもしアーニャ、もう神社に来てる？　わたしのほうは今着いたとこだよお』

通話アイコンをスライドさせると、彼女の声がスピーカーから流れ出した。

「うむ。旭姫と一緒にいる。場所は、ちょっと説明しづらいのだが……」

何か目印になるものはないかと、周囲を見渡す。

ぐるりと巡らせた視線の先に――

「いや、説明は必要なかった」

スマートフォンを手にした小花の姿を、密集する屋台の光と影の狭間に見つけていた。

「こっちからはもう見えている。すぐにわかった」

『えっ――アーニャ、どこにいるのお？』

私が見つめる一〇メートルほど先で、スマートフォンを手にした小花が左右を見回している。

やがて、私たちの視線が距離を隔ててばったり出会った。小花の顔に、うれしそうな笑みがぱっと浮かぶ。

「あ、見つけたあ」

手を振りながら小花がこちらにやってくる。

浴衣は鮮やかなローズピンクの地に、金色の線で描かれた波紋の模様。その波紋の中を泳ぐ、黒や白の金魚がちりばめられたかわいらしい絵柄だった。

「あ、いたいた。つかアーニャの浴衣姿って激レアじゃん！　めちゃ映えるわ～」

「うまそうなの食べてるね～。旭姫ちゃん、お久しぶり！」

竹里と梅田も一緒だった。旭姫の存在に気づくと、二人が目を輝かせる。

「旭姫ちゃんとは、四月のお花見以来になるのかな。あたしのこと憶えてる？　アーニャのクラスメイトの竹里絵里だよ。あんときは一緒に写真撮ったよね～」

「梅田彩夏（うめださやか）で～す。こっちのデカ女は、忘れようったって忘れられないよねー？　アーニャさんと血はつながってないのに、相変わらず美人姉妹って感じでお似合いだな～」

　梅田にほめられると、旭姫（あさひ）の頬（ほお）がかすかに赤くなる。照れたのか、私の肩に軽く体当たりをしてくるのが謎だった。

　そして……

　私たちが合流したタイミングを見計らったかのように、また誰かが人ごみの向こうからやってくるのが見えた。

「ちーっす、アンナちん！　小花（こはな）っちたちも奇遇だね～」

　やはりそれは、ＣＩＡパラミリのエージェントたち――エニュオーとペルシスだった。

　エニュオーはアメスク制服ふうの、胸元が大きく開いた白ブラウスとギンガムチェックのミニスカート姿。ペルシスのほうは、大きなリボンを胸元にあしらった黒いゴスふうのパンツスーツを着ている。いかにも暑そうだが、蒼白（あおじろ）い顔には汗の玉ひとつ浮かべてはいない。

　例によってペムプレードーの置きみやげである身辺護衛のミッションとやらで、私の外出先であるこの場にも現れたのだろう。ありがた迷惑なことに。

「あ、マデリーンじゃん。相変わらずエロい格好してんな～。乳それ半分見えてるし」

「やほー。エリの浴衣（ゆかた）もシックでセクシーだよね～。そのケツのラインとか超たまんねえ！なんちゃって、んにゃははっ」

竹里がエニュオーと挨拶を交わす横で、梅田が鼻歌まじりでペルシスへ駆け寄っていく。

「リ〜ンジ〜?」

「な、なんですかいきなり?」

長身の梅田にガバっと抱きつかれ、ペルシスが隻眼を白黒させている。

「まさか、お祭りで会えるとは思ってなかったわ〜。つか、来るなら来るって先に言えっての! せっかくライン交換したのにさー」

「まあ、偶然というか仕事上の成りゆきですので……というか、そろそろ離してくださいませんかね。クソ力のベアハッグ、結構いてーです」

この前、松ねこ亭で会った日以来になるが……この二人、いつの間にこれほど親密になっていたのだろう? 正直、あまり接点を感じる組み合わせには見えないのだが。

「でも、さっきはよくあんなすぐに見つけたねえ。神社の中、これだけ混んでるのに……アーニャ、もしかして間違い探しとか得意なタイプ?」

そう小花に言われてみて、たしかにそうかもしれないと今さら感じる。

まるで行き交う群衆の中で、小花の姿だけが淡く光って見えたかのようだった。

「自分でも不思議だ。小花だったから……としか言えない」

「えっ?」

何気なくそう答えると、小花が急に頬を赤らめた。恥ずかしそうな、でもうれしそうな表情がその顔に浮かんだり消えたりしている。

「え、あはは……そうなのお？」

それから、何かを誤魔化すかのように勢いをつけ浴衣の袖を持ち上げてみせる。

「浴衣姿が珍しかったからかなあ？　ね、きっとそうだよねえ？」

果たして本当にそうだろうか。たとえ浴衣でなかったとしても、私はすぐに小花を見つけられたような気もする。

思いがけぬ小花の反応に、私もうまく言葉を返せない。思ったままの気持ちを口にすることを、なぜかためらってしまう自分がいた。

まるでその一言で、小花との今までの関係が変わってしまう――とでもいうような予感を、わけもなくひしひしと感じる。

気まずいような、落ち着かない空気が流れていた。

決して険悪ではないのに、息苦しい……そして、胸の奥がくすぐったい気分になってくる。

その気分は、小花と目が合うと加速していった。心拍数が勝手に速まっていく。

「あ――」

沈黙を埋めようと口を開きかけたとき、急に小花がこちらを見て安心したような表情を浮かべた。道に迷った街角で、見知った建物や看板をふいに見つけたときのように。

「アーニャ、その浴衣めちゃ似合ってるよお。美人さんは、結局なに着てもきれいに見えるん

だから得だよねえ……はあ、目の保養になるなあ」

私の浴衣姿を見て、小花が妙にしみじみとした口調でなごんでいる。いつもの会話のペースに戻ってきて、私もほっと一息をつけた。

「ありがとう、小花もな。普段の雰囲気とは全然違って見える」

「うん。浴衣に負けないように、がんばってお化粧キメてきたから」

にっこりと笑い、おどけるように浴衣の裾をつまんでくるりと回ってみせる小花。

たしかに、リップがいつもより鮮やかなピンクに色づいている。目元も心なしか、うっすらメイクをしているようだ。

いつも明るくマイペースな小花と一緒にいると、自然と心が落ち着いておだやかになっていく。その気持ちは、出会ったときからずっと感じていたことだった。

「じゃあ、これで全員そろった感じなのかな？　そのへん適当にぶらつこっか」

竹里が全員を見渡し、移動をうながす。総勢七人の大所帯になった私たちは、ぞろぞろと縁日のにぎわいの中をねり歩きはじめた。私の隣には小花がいる。

ふいに旭姫が追いついてきて、私と小花の間にはさまってきた。なんのつもりか、私の浴衣の袖を子供のようにつかんでいる。

「ねえお姉ちゃん、あんず飴買って～？」

そしていたずらっぽく小首をかしげると、私を見上げ猫なで声で言ってくるのだった。

家では絶対に使わない、よそいきの声音だ。違和感のあまり、思わず背筋にぞわっと鳥肌が立ってしまう。

「めっちゃアーニャさんに甘えるじゃん。うわー、あたしまで妹萌えしてきちゃいそうだよ」

「アーニャいいな〜。あたしも旭姫ちゃんみたいな妹だったらほしいもん。うちにはクソ生意気な弟しかいないしさ」

梅田(うめだ)と竹里が、そんな様子を見て微笑(ほほえ)ましげな反応をしている。いつもの私と旭姫のやりとりをよく知っている小花だけは、くすくすと可笑(おか)しそうに口元をほころばせていた。

「やれやれ、わかったよ。かわいい妹の頼みだからな」

小芝居を続ける旭姫に苦笑を返しつつ、私も即興の姉妹ごっこに付き合う。あんず飴の屋台を見つけると、店先に立つ。

大きな氷柱ブロックが台として置かれ、割り箸(わばし)を軸にしたフルーツ入りの水飴(みずあめ)が氷の上で冷やされていた。透明な氷と水飴が裸電球にきらきらと光って、とてもきれいだ。

「スモモの一本くださーい」

「いらっしゃい。クジを引いて当たりが出たらもう一本だよ」

屋台に吊(つ)り下げられたザルの中から、旭姫が紙の三角クジを一枚とってめくる。

「やったー！　当たりだー！」

当たりクジを引いた旭姫が、キャッキャとうれしそうに跳びはねる。この喜びようは、どうやら演技ではなさそうだ。

「もう一本は何にしようかな〜……ええと、そしたらミカンので！」

「旭姫(あさひ)ちゃん、持ってるねえ」

「ありがとー。じゃあ、当たりのほうは小花(こはな)さんにプレゼントだね！」

「えっ、わたしにくれるの？　ありがとお、旭姫ちゃん」

モナカ皮の小皿に乗せられた、あんず飴(あめ)の一本を小花に手渡す旭姫。

二人は冷たい水飴(みずあめ)をなめながら、仲良く並んで歩きだした。こっちのほうが本物の姉妹に見える雰囲気になごみつつ、私は飴の会計をすませる。

それから私たちは、射的ゲームの屋台へ。梅田(うめだ)が自信満々で挑んだが、早々にコルクの弾を使いきって撃沈した。

「ウメは大物狙いすぎ。あの箱落とすのはちょっと無理があるでしょ。ああいうのは客寄せ用に置いてあるもんだから」

「だって前から欲しかったんだも〜ん！　スイッチのゲーム本体ぃ〜」

「きもっ、なにそれ旭姫ちゃんの真似(まね)？　その図体で甘えんぼモードはキツいて」

未練たらたらで、景品の家庭用ゲーム機の箱をにらむ梅田とそれにあきれる竹里(たけさと)。

その様子を見ていたペルシスが、何を思ったか小銭をカウンターに置き射的ゲームへエントリーした。

「…………」

おもむろにコルクの弾を銃口に詰めると、ボルトアクション式のライフルを模したコルク銃を構える。そして棚に並んだ景品を照準すると、引き鉄をひいた。

パン！　と鋭い発射音が鳴った。梅田が狙っていたゲーム機の箱が、着弾衝撃でぐらりと後ろに揺らぐ。重心が崩れやすい上端部の隅ぎりぎりを狙った、精密な狙撃だ。

そして箱のバランスが復帰するよりも早く、すばやく装塡（そうてん）した次弾を発射する。

正確に同じ位置へ命中した衝撃により、箱の重心はさらに後方へと傾斜。ついには自重で大きく後ろに倒れ、棚から落ちた。

「リンジーやったー！」

「すげー！　プロのスナイパーみたいじゃん！」

梅田と竹里が、テンション高く喜びの声を上げる。

ペルシスはそれをよそに、無表情のまま店のおじさんから景品を受け取っていた。

そして無言のまま、紙の手さげ袋に入ったそれをぐいと前に突き出す。その方向には、梅田がいた。

「へっ？」

「欲しかったのでは？」

ぽかんとしていた梅田だったが、そこでようやくペルシスの意図に気づいたようだ。

「いやいや、もらえないって！　悪いよ！」

「そう言われましても、私はゲームなどやりませんし興味も一切ねーですので。梅田がいらないと言うのなら、店に返すしかなくなりますが」

「いいじゃんいいじゃん。もらっちゃいなよ、ウメ」

「そうだよお。せっかく梅ちゃんのために獲ってくれたんだからさあ」

竹里と小花に後押しされた梅田は、落ち着きなさげに身をよじっている。いつも豪快でストレートな彼女らしからぬ、恥じらいを感じさせる態度だ。顔も妙に赤い。

「じゃ、じゃあ……ごっつぁんです」

そして、おずおずと手を伸ばし手さげ袋を受け取って一礼する。

「まいったな～……またリンジーに借りを作っちゃったよー。あーでも超うれしい！　生きてるとこんなこともあるんだな～！　ひゃっはー！」

「やっぱり梅田は、いちいち大げさですね。こんなことでそこまで喜ぶとは、単純すぎです」

ようやく実感が出てきたのか、梅田はいつものテンションを取り戻してはしゃいでいる。ペルシスはあくまで冷ややかに、そんな梅田の反応を受け流していた。

エニュオーがにやにやと笑みを浮かべ、二人を冷やかそうと背後から忍び寄っていく。

と、その動きがぴたりと止まった。視線は二人を通り越し、縁日の雑踏へと向けられている。

「ショートのきれいなお姉さんじゃん！　やほー！」

そして誰かを見つけたのか、笑顔でそちらへ走り寄っていく。

「エニュオーちゃん？」

人ごみの中から、エニュオーに気づいて反応する声がした。背の高い女だ。

その女が誰なのかに、私はすぐ気づいていた。それほど、群衆の中でも際立つ美貌の持ち主だったからだ。

「明良──」

久里子明良。この街の住人である、ドラッグストア店員にしてフリーランスの殺し屋。

「あら、アーニャちゃんたちも一緒なんだ。へえ……浴衣姿、とても似合っててかわいいわよ？」

私の全身になめるような視線を送りつつ、明良が妖しげに微笑む。いつぞや、唇を奪われたときの肉食獣ぶりを思い出してつい警戒心を覚えてしまう。

「えっ？　わあ、明良さんもお祭りにきてたんだあ！」

私たちの会話を聞きつけ、明良を推しアイドルのように慕っている小花がうれしそうに近寄ってきた。後ろにいた面々もついてくる。

「……ッ」

だが、ふいにペルシスの表情が変わった。全身に強烈な殺気が浮かびあがる。鮫のように冷酷で鋭い眼光は、明良のすぐ後ろに立つ人影へと突き刺さっていた。

そこには、同じぐらい凶悪な目つきをした少女がいた。長い黒髪を背中でポニーテールに結んでいる。少女はペルシスに気づくと、顔を歪め舌打ちを飛ばした。

「ちッ……嫌な女と顔合わせちまったぜ」

かつてチャイニーズ・マフィアの護衛として私と闘ったこともある、殺し屋の黒蜂。今は明良と一緒にこの町で暮らしていて、明良は彼女を本名のシュエと呼んでいる。

その黒蜂は、前の事件でペルシスとも散々やりあった因縁があった。今も互いに一歩も譲らない視殺戦を演じており、きっかけ次第で今すぐ戦端が開かれそうな気配さえある。

「だめよ、シュエ」

「リンジー、どったの？」

だが。同時に両者へかけられた声によって、渦巻く殺気はまたたく間に霧消した。明良が冷ややかな一瞥で黒蜂をたしなめ、梅田は不思議そうにペルシスの様子を見つめている。

「じゃあまたね、アーニャちゃん。小花ちゃん。お友達とお祭りを楽しんで」

黒蜂の背中に手を回してうながしつつ、明良は私たちの前から立ち去っていった。

「……？」

遠ざかっていく彼女たちの後ろ姿に、私はふと違和感を覚える。

明良と黒蜂の間に、赤いキャップをかぶった見知らぬ少女が自然とはさまれる形になっていたからだ。ちょうどさっきの、私と小花の間に入ってきた旭姫のように。

年齢は旭姫よりもう何歳か上だろうか。身長は一六〇センチ台で、ローティーンの少女としては高いほうだ。そして小顔で頭身が高く、スタイルがいい。

明良か黒蜂のどちらか、それとも共通の知り合いだろうか。しかし、雰囲気からはあまり親密さを感じない。物理的な距離の近さをのぞけば、他人といったほうがしっくりとくる。

やがて明良たちの姿は、縁日の人ごみにまぎれて見えなくなった。


地域住民による盆踊りを見物したあと、私たちは神社の石段に腰かけて夏祭りの遠景を眺めていた。

「エリ、エリ。そいやさ、今年も海の家のバイトってあるの？」

ふと、梅田が竹里（たけさと）に話を向ける。

「あーうん、来週末。小花は去年誘ったけど無理だったんだよね？」

「うん。去年の夏は、モーさんの病気が大変だったからねえ」

なんでも竹里の親戚が近県の海辺で旅館を経営していて、サマーシーズンには海水浴客相手に海の家もオープンしているらしい。毎年夏になると、竹里はそこでアルバイトをしているとのこと。

「昼間は海の家の手伝いをして、バイト代をもらうかわりに旅館に何泊かさせてもらいにいくってわけ。去年はウメだけだったんだけど、結構繁盛（はんじょう）するから参加は大歓迎だよ？」

「イケメンサーファーとの出会いなんかもあったりしてね〜。ぐふふふ♪」

「昨年度実績ゼロでよく言ったな。まあウメはほっといてもくるとして、小花は今年どう？」

「うん、いいねえ。松ねこ亭もお盆休みに入るから、ちょうどいいかも」

心地よく弾む、息のあった仲間同士の会話。私はそれを、お気に入りのＢＧＭのように隣で聴いているのが好きだった。

「アーニャはどうする？」

ふいに竹里から誘いを向けられ、はっと虚を衝かれたような思いがした。

自分もまたこのにぎやかな輪の一部なのだということを、私はときどき忘れかけてしまう。なんということはない日常の呼吸が、いまだ完全に私の血肉には溶けこんではいない。

「海かぁ……ママがお仕事忙しくて、もう何年もいってないな～」

旭姫が隣でぽつりともらす。それを聞いて考えが固まった。

「私は旭姫とペアでいこうかと思う。一般の旅行客として同じ旅館に投宿しよう」

「あー、それもありだね。バイトはお昼すぎぐらいまでだから、午後は一緒に遊べるし」

「アーニャと海かあ……ふふっ、今から楽しみだなあ！」

小花が私を見て声を弾ませる。その横では、いたずらっぽく笑うエニュオーが隣のペルシスと顔を見合わせていた。

「したらまあ、うちらも一緒だね～。なーペルっち？」

「は。護衛対象に随行するのは当然のことです」

「ねえアーニャ、そしたら今度は水着を買いにいかなきゃだね？」

小花が、旭姫が、みんなが楽しそうに笑っていた。

ぬるい夜風に乗って流れてくる、巨大な生きものの息づかいのごとき祭りの喧騒。

星の見えない、どこか湿っぽくぼやけた色の夏の宵空。

かつてないほどおだやかに過ぎていく時間の流れに、私はただじっと身をまかせていた。

Mission.2
KILLER DAYS(feat.久里子明良&黒蜂)

私こと久里子明良（くりすあきら）という女は、殺し屋である。

そして今までの人生を思い返して痛感するのは、かなり出たとこまかせで流されやすい人間だということだ。

その難儀（なんぎ）な性格は、こうして殺し屋になった経緯（いきさつ）にも多分に関わってきている。

そんな自分の過去を、柄にもなくちょっとだけ振り返ってみようと思う。


小学二年生のとき、私は近所にあるカラテの道場に入門した。実家は保守的でいわゆるお嬢様教育だったため親の反対にあったが、私はかつてなく強硬にわがままを押し通す。

理由は、師範代が美人の女性だったからだ。

中学へ上がるころには黒帯を巻き、全国大会でも数々の優勝を飾る。才能は人一倍あったらしい。けれど高校受験前には、もうカラテはやめてしまっていた。

理由は、美人の師範代が男性と結婚してしまい失恋したからだ。

高校時代は女子バレーボール部に入った。

理由は、所属部員がみんなかわいかったからだ（もっとも私は、この世のほとんどの女の子がかわいく見えるのだが）。

球技の素質も非凡だったようで、高校スタートというのにめきめき頭角を現し二年生でエースにもなった。けれど、卒業前にはもうやめてしまっていた。

理由は、部員全員と関係してそれがバレてしまったからだ。

私から口説いた子もいれば、言い寄られるがまま受け入れた子もいる。私を巡って部内の人間関係が地獄のようになり、いったい誰を選ぶのかを全員から問い詰められた。

私は誰か一人を選べず、部室の窓ガラスを蹴り破ってそのまま逃走。すべてが面倒になり、家も学校もバックレて地元から完全に姿を消す。

気がついたら、アメリカ西海岸のロサンゼルスでスシを握っていた。

今までの短い回顧録でもすでにおわかりかと思うが、私の行動は基本的に衝動を重視しており整合性はあまりない。なので、どうしてそうなったのかは自分でも説明するのが難しい。

転機となったのは、二〇歳の冬。

いつものようにスシバーの閉店作業をしていた夜、クローズドの札を無視して入ってきた男がいた。だが客ではなかった。ボア付きの革ジャケットを羽織った恰幅のいいイタリア系の中年男で、でかい黒人のボディガードを連れている。地元の組織に属するギャングだということはもう知っていた。

男たちは私の存在を無視して、事務所にいる店長のところへ直接向かった。そのまま店内の清掃を続けていると、激しい物音と店長の悲鳴が事務所の中から聞こえてきた。

今にして思うと、どうやら安全保障料金を巡るトラブルであったらしい。私は特に何も考えず、店長を殴り続ける男を止めようとした。ボディガードの黒人が、事務所へ入ってくる私を追いはらうように手を突き出してきた。のみならずその指が私の胸を鷲(わし)づかみにしたのが、悲劇もしくは喜劇の発端である。

報復の上段横蹴り(よこげ)が飛んだのは故意ではなく、長年の訓練により反射神経に染みついた護身のメカニズムにすぎない。とにかく次の瞬間、足首を寝かせた左の足刀が下から無防備な黒人の喉(のど)に突き刺さっていた。声帯がつぶれた感触がスニーカーごしに伝わり、血を吐いた黒人が白目をむいてスチールの棚に頭から突っこむ。

イタリア系ギャングの顔色が変わり、革ジャケットの内懐(うちぶところ)に右手を滑りこませるのが見えた。そこにある拳銃を抜き出すまでの、ほんの一秒か二秒。私は早々に脳内会議を終えると、やるべきことを実行していた。

故意ではないという平和的主張が激昂(げきこう)したギャングに通じる可能性よりも、私は実力行使でこの場を切り抜ける可能性にオールベット。スローモーションのように緩慢な男の手をつかんで制すると、あっさりと拳銃を奪い取る。

(しょうがないわね。やってしまったんだもの)

殺さなければ殺される。その理解に至るのは火花の閃き(ひらめ)よりも速かった。

自分自身の迷いのなさに、我ながら恐怖すら感じた。すべてを投げ捨て、女子バレー部の部室から全力逃走したときと同じだ。映画で見たのを真似(まね)するように遊底(スライド)を引いてコッキングすると、ギャングの顔面に二発ぶちかました。倒れたその後頭部に、さらに一発。

轟音で鼓膜がしびれ、それが収まると世界に音が戻った。最初に聞こえてきたのは、銃声よりも耳ざわりな店長の悲鳴だった。もうおしまいだ、どうしてくれると泣きわめく店長の罵倒が退職の餞別。

私は予想されるギャングの報復に対し、どう対応するかを考えていた。とりあえずアパートを引きはらうべく部屋に帰ると、予期せぬ客人が訪れた。

俳優のクリント・イーストウッドにちょっと似ていなくもない、ジョンという労働者ふうの冴えない老人。店長とも顔なじみであるスシバーの常連客で、私の握るサーモン・スシにマヨネーズと胡椒をつけて食べるのが好きだった。

ジョンは、つい数十分前に店で起きたばかりの出来事をなぜか把握していた。

『アキラ、おまえには才能がある。非凡な殺しの才能がな。一番の美点はそのためらいのなさだ。たいていの人間はやる前に迷ったり考えたりするが、その無駄な時間を一瞬でショートカットできるタイプの人間がまれにいる。それがおまえだ』

くわしく知ることは一緒にいて最後までなかったが、ジョンは長い間ずっと政府の機関で殺人をはじめとする汚れ仕事をしてきた人間らしい。

続く彼の言葉は、私の胸に深く刺さった。

『それってのはつまり、自分勝手の極みが為せることさ。どんなに普遍的な常識や大切に思うつながりでさえ、自分の都合であっさりと切り捨てられる。そんなエゴイストでなければ、あそこまで冷静に人は殺せない』

パニックに陥った店長から相談を受けたジョンは、事務所の防犯カメラに映っていた一部始終を見てすべてを理解したという。

『俺と一緒にこい。おまえに自分の才能を活かす道を教えてやる。おまえのような人間が、いつまでも一般人づらをして暮らすのはアキラ自身にも社会にも良くないことだ。まずは自分という存在を自覚しろ。嫌だって言っても無理やり引っ張っていくぞ』

それからは、ジョンと一緒にアメリカ各地を渡り歩きながら仕事を始めた。殺人代行業者の世界的互助組織である《プロキシー》にも登録し、名実ともにプロの殺し屋としてのキャリアをスタートさせる。

私はジョンからマンツーマンで殺しの技術と哲学を学んだ。彼は師匠であると同時に頼れる父親のような存在でもあり、私のセクシャリティについても理解を示してくれた。私も彼を慕い尊敬していた。

そんな私たちの旅がちょうど丸一年を過ぎたころだろうか。仕事で訪れたシカゴの路地裏で、殺人現場に運悪く遭遇してしまった子供がいた。ジョンは目撃者を消すために迷いなく銃口を幼い子供に向けた。

その瞬間、私もまた引き鉄をしぼっていた。

胸に弾丸を受けたジョンが路傍に倒れゆく瞬間の映像を、私は今でも克明に思い描ける。

けれどなぜ自分がジョンを撃ったのかの明確な理由は、それから五年がたった今でもまだわからない。

私自身ですら理解できない衝動なのだから、プロ中のプロのジョンとはいえ察知できるわけもなかった。どこの誰だかもわからない子供はとっくに逃げ去っていた。

遅れて私は、自分がしてしまったことの意味を理解しジョンへすがりついた。後悔と罪悪感の涙が止まらず、赤ん坊のように私は泣いた。

『たかがこんなことで涙を流すな、アキラ……人間がいつか死ぬってことに、もともとたいした意味なんかはないんだから……おまえのその涙は、通り雨が降ったようなもの……この場だけの感傷で、ただの自然現象と同じだ。後に残るものは何もない……』

ごめんなさいと泣きながら謝り続ける私に、ジョンは末期の息を振りしぼりながら静かに笑った。すべてを承知しているというように。

『俺たちは誰も、わけもわからないままそれっぽく生きて、思いどおりにはならずに終わるのが当たり前なんだってことを覚えておけ……なあアキラ。おまえが今まで手にかけてきた人間たちのうち何人が、今日が最終日だなんて納得しながら死んでいった？　……それと何も違わないんだ、俺もおまえも』

苦しい息でそう言い終えると、ジョンは電池が切れたシェーバーのように突然動かなくなった。

いまわの際のその言葉は、今も私の心に深く刻まれている。殺し屋の末路がどんなにはかないものであるのかを、彼は身をもって私に教えてくれたのだ。

ジョンの最後の授業によって、私は命の軽さを学ぶことができた。自分がいつどこでどんな無意味な死に方をするとしても、平然と受け入れられるようになった。本当の意味でプロの殺し屋になれたのだ。

師匠を失い独りになった私は、その後も殺し屋の仕事を続けていった。

そして数か月後、サンフランシスコで香港(ホンコン)からやってきた年上の女と出会い——


「明良(あきら)ぁ～、ハラ減ったぁ！　なんか夜食作ってくれよ～」


無神経な同居人の大声が、つかの間の回想を打ち切っていた。

リビングの床。だらしなくクッションに片肘(かたひじ)をついて横になり、缶ビール片手にポテトチップスをむさぼり食う若い黒髪の女。

一か月ほど前から私の部屋に転がりこんできた、私と同じフリーランスの殺し屋である。

業界内で黒蜂(ヘイフォン)の通り名を持つ、彼女の名前はシュエという。ちなみに、生まれ育った母国には苗字(みようじ)という概念が存在しないらしい。

そのシュエは、四〇インチの液晶テレビで夜のバラエティ番組を観ながら時おり下品な笑い声をあげていた。私に向けた尻を、ショートパンツの上からぼりぼりとかきながら。

最近ちょっと大きくなった気がする彼女の尻を見ていると、なんだか落ち着かない気持ちになってくる。最近になってようやく、薄着ながら家の中で服を着てくれるようになったのは助かるが。

その尻が落ち着かなさげにモゾモゾ動いたかと思うと、彼女のそばにある空気清浄機が急に猛然と作動をはじめた。

私はシュエに一歩近づくと、憎たらしいそのケツに三日月蹴りを突き刺す。

三日月蹴りというのは、中足という足の親指の裏部分を使ったカラテの蹴りだ。点で刺すので、ピンポイントに痛い。指先の感触で肛門を直撃したのがわかった。

「んぎゃッ!?」

シュエが文字どおり飛び上がり、尻を押さえて悶絶した。

「痛えなあ！　いきなりなにしやがんだ!?」

「だらしないのもシュエの個性だと思って、今まである程度は容認してきたわ。仕事もしないで毎日テレビやゲーム三昧なのも、おっさんみたいにゴロゴロ横になって尻をかくのも、鼻の穴をほじったその指でポテトチップスをつまむのも、まあ百歩譲って良しとしましょう」

血相を変えて怒鳴るシュエに顔を近づけ、私は冷ややかに宣告する。

「でも今のは許せない。一線を軽く越えてきた」

「たかが屁ぐらい大目に見ろよ。んなもん、明良だってするだろ？」

「恋人の前では絶対にしない。無神経で相手を尊重しない女だと思われたくはないもの。あなたは違うのね？　それならそれで私も認識を変えるけど」

私がそう言うと、シュエが一転して狼狽し弱気な表情になった。

「そういうわけじゃねェけどよ……」

ごにょごにょ言いながら視線をそらす。私はシュエのタンクトップの裾に手を突っこむと、腹の肉を思いきりつかんでやった。

「うひっ!?」

「だらしないお腹。なんなの、このマシュマロみたいな贅肉？　私よりずっと若いのに不摂生しすぎ」

冷たい声でそう吐き捨てると、シュエの眼球にじわりと涙がにじんだ。

「明らかに運動不足ね。このお腹でビキニを着て、私の隣に立つ自分を想像できる？　一緒に海にでも旅行へいこうと思ってたけど、シュエがこのざまじゃ今年は無理ね」

「海に!?　マジかよ！」

シュエが目を輝かせて跳ね起きてきた。

「ちょっとは、やる気になった？」

「ああ、ニート生活はもう終わりだ。トレーニングしてバリバリ働くぜ。仕事はあるのか？」

「ちょうど《プロキシー》の代理人から依頼がきているわ。とりあえずは一週間で身体を戻すこと。そうしたら仕事のあとで海に連れてってあげる」

「よっしゃあッ、大統領でもブッ殺してみせるぜ！」

現金なもので、シュエはもうすっかりやる気満々になっていた。こういう単純さは彼女のかわいいところだ。

それから一週間。シュエは有言実行で五キロの減量に挑むことに。強度の高いフィジカルトレーニングと炎天下のロードワークで、たるんだ腹まわりを元どおり鋼鉄の腹筋と入れ替えることに成功した。

仕事先の土地は、日本海側沿岸部に位置する某県某市。

某県は、ウラジオストクなどロシアの極東沿海地方と地理的に近い。そのため民間レベルでの交易や人の往来が昔から盛んで、在日ロシア人のコミュニティも国内有数の規模を持つ。

人が集まれば犯罪の温床が育つのも万国共通で、日本人とロシア人の犯罪者が結託して密貿易をおこなう地下組織がここ一〇年ばかり同地に暗躍していた。

主な輸出品目は、人間。国内で拉致誘拐されてきたり借金のカタで払い下げられてきた、日本人男女の身柄になる。つまり、ロシア国内の暗黒市場と日本を結ぶ人身売買組織だ。

依頼の標的は、その地下組織の一員である久我山という三〇代の男。

数年前まで東京で暴力団幹部が運営する裏カジノの雇われ店長をしており、店の売り上げ金二億円を持ち去り逃亡した。久我山は近隣県の出身で、この土地の犯罪組織についての噂は以前から聞いていたらしい。ヤクザから横領した二億の半分を組織に上納し、身内として守られる形になった。

久我山はヤクザではなく、盃をもらっていない一般人だった。警察当局に対するカモフラージュのためにダミーの店長として雇われ、裏カジノが摘発されたときは暴力団幹部の身代わりに逮捕されるリスクを背負っていた。将来に不安を感じて魔が差したとしても、仕方がないとは言えるのかもしれない。

依頼者の情報はいつもどおり知らされていないが、金を持ち逃げされた東京の暴力団幹部であるのはほぼ間違いないだろう。

私はレンタカーの助手席にシュエを乗せ、長めのドライブがてら目的地まで足を伸ばした。

駐車場に車を停めると、まず市内中心部にあるネットカフェの個室に入る。

「あ〜疲れた。ったく、遠くまで足運ばせやがってよォ。くそチンピラ風情が……」

シュエは個室へ入って早々に、もう一歩も動かないとばかりに寝転がった。

「ずっと運転してたのは私なんですけど？　シュエは結構寝てたわよね？　それに、地元から遠い場所の依頼をあえて選んでるんだから当然でしょ」

持ってきたバッグのジッパーを引き開ける。二重底のポケットから拳銃を二挺取り出すと、一挺(いっちょう)をシュエのそばに置く。私は手になじんだイタリア製ベレッタの九ミリ、シュエには彼女が好む四五口径の打撃力を有したキンバー・ウォーリア。

床に置かれた黒光りする拳銃を見ると、シュエの瞳に同じ色をした硬質な光が宿った。

「たかが日本人のチンピラ一匹だろ。銃までいるか？」

「備えあれば憂(うれ)いなし、よ。相手のバックがどの程度か不明だし、外国人も絡んでるようだからね。ま、さすがにＡＫ自動小銃(カラシニコフ)までは出てこないと思うけど」

ベレッタをパンツの背中側に差しこみ、丈の長いサマージャケットの裾で隠してコンシールドキャリーする。一五発の弾丸(パラベラム)を詰めた予備の弾倉を一本、内ポケットにしまった。

「夜も更けたころだし、すぐに出かけるわよ。敵地(アウェイ)ということも考えて、動くのは迅速に越したことはないでしょ」

「マジかよ。今日のところは下調べ程度でいいじゃねえか。付き合ってから外泊するのも初めてだろ？　どこかホテルの部屋にでも入ってよォ……今夜は絶対燃えるぜェ～？」

「下調べなら、依頼人からの情報でもう充分よ。市内でガールズバーを経営しているらしいわ。捜す手間が省けて仕事も早く終わると思うし、楽しみは後にとっておいたほうが良くない？」

私がそう告げると、シュエがあきらめたようにため息をつく。

「やれやれ、わかったよ。でも仕事の前にメシは食わせろよなァ。なんせ道中はロクなもんを食ってねえんだ」

バーガーショップのロゴが印刷された空の紙袋にキンバーを突っこむと、シュエはそれをつかんで立ち上がった。


ネットカフェを引きはらうと、シュエがうるさいので食事を先にした。繁華街の同じ並びにある海鮮料理屋に入り、二人でほぼ無言のままズワイガニの身を大量にたいらげる。北陸の港町だけあって、海産物の味は絶品だった。

「食ったァ～……もうカニはしばらく見たくもねえや。一生ぶん食った気がするぜ」

「腹八分めにしておきなさいって言ったのに。いざというときに動けなくても知らないわよ」

「心配すんな、そんなヤワな鍛え方はしてねえよ。エネルギーがありあまって、誰彼構わずぶん殴りたくなってきたぜェ」

シュエは早くもアドレナリンが全開といったふうに、獰猛な嗤いに口元を歪めていた。いつもどおりな、さすがの野獣っぷりだ。

夜の繁華街を並んで歩くと、男たちの視線が一斉に集まってくるのを感じる。だがシュエにひと睨みされると、声をかけてくる連中はすぐに退散した。

酒の勢いを借りてしつこく粘ってきた二人組もいたが、シュエのパンチを腹に受けそろって路上で悶絶することに。

「ちょっと。ちゃんと手加減はしたんでしょうね？」

「当たり前だろ。フルで殴ったらあんなもんじゃ済まねえよ」

私のかわいい狂犬は、相変わらず口より圧倒的に手が早い。

けれど、それにしても……

「雰囲気というか、私たちの感じを見てわからないのかしら？」

「まあ、わからねえんだろうなァ。どいつもこいつも想像力の欠けたマヌケ面してやがる」

「困ったものね。時代は進んだといっても、現実はまだまだこんなものってこと？」

「まあしょうがねえさ。なら、こっちでわかりやすくしてやりゃあいいじゃねえか」

そう言うと、シュエは私の左腕に自分の右腕を絡めてきた。彼女の引き締まった筋肉の硬さを感じ、ふいに甘い疼き(うず)が下腹部に走る。

「あら。今夜はなんだか積極的ね」

「だろォ～？　オレだって、こうやってムードを出そうと思えば出せるんだからな？」

「うん、シュエにしては上出来かな」

「ちぇっ。明良(あきら)にかかっちゃ形なしってか。全然リードさせてくれやしねえ」

「すねないの。結構ドキドキしてるわよ、私？」

「そんな涼しい顔して言われてもなァ……」

思えば、シュエとこうして腕を組んで街を歩いたことは初めてだった。

出会いは修羅場の中だったし、知らぬ間に私たちをつないでいた因縁（いんねん）もまた死と血の匂（にお）いに搦（から）め捕られている。そもそも甘さとは無縁の関係なのだから、当然といえば当然か。

それでもこうしている今だけは、奇妙になごんだ気持ちでいるのが我ながら不思議だった。

そして同時に脳裏をよぎるのは、私とシュエの今は亡き共通の恋人――マージの面影（おもかげ）。

私が今感じている、このささやかな幸福さえ愛した者の屍（しかばね）の上に成り立っている。

隣で気負うシュエの余裕のなさを愛（め）でながら、私は決して埋められることもない自分の中の空白をもてあそんでいた。


久我山（くがやま）が経営するガールズバーには、五分とかからずに到着した。

雑居ビルの六階。入り口前の路上にいた呼びこみの店員は、女性だけの私たちが客だとわかると少し驚いた様子だった。

「二名様ご来店でーす」

エレベーターを降りると、店員が店のドアを開けて私たちを案内する。店内に私たち以外の客はいなかった。バーカウンターでは大学生ぐらいのきれいな女の子が暇そうにしている。あまり繁盛（はんじょう）している店ではなさそうだ。

「いらっしゃいませ～。ウイスキーか焼酎の飲み放題で、お一人様一時間三千円になってます」

カウンターに並んで座った私たちに、女の子がおしぼりを出してくれた。

「ごめんね、あたしたちお酒は飲まないの。女の子と楽しくおしゃべりしたいだけだから。何かノンアルコールのドリンクをもらえる?」

「オレはビール一杯ぐらいなら」

「だめ」

いかにも飲みたそうだったシュエが、隣で露骨に落胆する。

「それだと飲み放題じゃなくなっちゃうんで、料金が割高になりますけど……」

「構わないわよ。それと、あなたに一杯おごらせてもらえるかしら」

微笑しつつそう言うと、女の子の表情がぱっと輝いた。

「わあ、いいんですか? こんな超美人のお姉さんに飲ませてもらって、うれしいな～」

「あなたも透明感あってかわいいわよ。乃木坂あたりのメンバーにいそうって言われない?」

「え～! ほめすぎですよぉ。マジ照れますってー」

本気で顔を紅くしたっぽい女の子が、目を輝かせてうっとりと私を見ている。口説けば落ちそうな手応えを感じたが、あいにく今は仕事の途中だ。

会話が弾む私たちの様子を、シュエがうらめしそうな目つきでじっとり見ている。そっちをちらりと一瞥すると、女の子はふと私に視線を戻した。

「あの、もしかして……お姉さんたちって付き合ってたりします? 女性同士のカップルとか、たまに見かけるじゃないですか。おふたり、雰囲気あるなぁって」

「おう、よくわかったなァ！　さすが、客商売だけあって人を見る目があるじゃねえか～」

彼女の向けてきた質問に、一瞬で上機嫌になったシュエが前のめりに身を乗り出す。わかりやすすぎる反応に、私は苦笑するよりほかになかった。

「いい雰囲気のお店ね、気に入ったわ……ここのオーナーってどんな人なのかしら。ちょっとお話ししてみたくなったんだけど、呼んでもらうことってできる？」

「ああ。なんたって、そのためにわざわざ遠くから会いにきたんだからよォ」

馬鹿、調子に乗りすぎ——とシュエに視線を送ったが、彼女は自分のミスに気づいていない。完全に浮かれている。

「わかりました～。ちょっとライン送ってみますねー」

しばらく談笑していると、女の子のスマホが通知音を鳴らした。彼女は画面をチェックすると、こちらを見て笑みを浮かべる。

「今、オーナーがお店にくるみたいです。そのまま待っててもらっていいですか？　あ、カラオケ歌いますぅ？」

「おお、いいねえ！　明良ァ、オレの美声で濡らしてやるぜ～」

上機嫌で、『時の流れに身をまかせ』を朗々と歌いだすシュエ。

豪語しただけあって、なかなかに上手い。しかし、切ない恋に身を焦がす女心をつづった歌詞は、日頃の粗暴なイメージからは程遠いものがあった。

　間奏の間に披露された自分語りによれば、彼女が子供のころに祖母が良く歌っていたそうだ。昭和末期に日本で人気を博した台湾出身の歌手のヒット曲で、アジアの諸国で今も歌い継がれている。

　ちょうどシュエの歌が終わったころ、廊下からエレベーターが停止する音が聞こえてきた。次いで足音が近づき、店のドアが開かれる。

　入ってきたのは、黒いTシャツを着た見知らぬ男たちが六人。いかついタトゥーをしていたり、ごつい身体（からだ）つきをした者が多い。そして全員が、隠しようもない暴力の気配を体臭のようにまとっている。

「通報（サ）してくれてありがとね、ユウミちゃん。はい、臨時ボーナス」

　さっきまで私たちを接客していた女の子は、いつの間にかカウンターの外にいた。身長一八〇センチ以上はありそうな金髪の男から、五枚ほどの万札を受け取っている。

「アイツがそうか?」

「どう見ても違うでしょ」

　金髪男の見た目は二〇代で久我山（くがやま）より若いし、そもそも写真と顔が違う。そのうえ瞳が青かった。金髪もブリーチではなく天然モノらしい。やたら筋肉質でバルクの大きい身体つきもふくめて、土地柄的にロシアの血が入っていると思われる。

「じゃあね、美人のお姉さん。稼がせてくれてありがと～」

ユウミちゃんと呼ばれた女の子は、ひらひらと万札を振り私たちを置いて出ていってしまった。同時に、男たちの一人がドアにクローズの札を掛け施錠する。

形としてはわかりやすくハメられたわけだが、敵地である以上は多少のアクシデントなら折りこみ済みだ。さて、ここからどう状況を転がすか。

「ここのオーナーは用心深くてさ。この街で見かけない顔が自分を捜してるのを見たら、必ず拉致ってバックを吐かせるように言われてるんだよ。……てなわけで誰だか知らんけど、今からえーと何人だ……ぶはは っ、８Ｐだってよ！　この子たち朝まで生きてられっかな～。こいつらマジで鬼畜だし、エグい薬使ったキメセク好きな変態ばっかだから」

金髪男が仲間たちと顔を見合わせると、全員が一斉に楽しそうな笑い声をあげた。

「できたら、頭ぶっ壊れる前に誰から頼まれたか吐いといてくれん？　そしたら殴るのとか折るのとか痛い系はちょっとだけ軽くしてあげるよ。もっとも」

金髪の言葉は、途中で骨肉がつぶれる異音に変わった。猛獣のように一瞬で躍りかかったシユエの鉄拳を顔面にもらい、フロアのテーブルを盛大にひっくり返して巨体が吹っ飛ぶ。

「明良、どうもドジを踏んだのはオレみてえだなァ。ま、その埋め合わせってことで？　このマッチョ野郎はオレが片付けておくからよォ」

「そりゃどうも」

前を向いたまま、シュエが獰猛に歯をむき出して嗤う。闘争心にぎらついた双眸は、ダウンした金髪男からずっと離れずにいた。今の一発では終わらないことは、彼女にもわかっているようだ。

　果たして金髪男は、大量の鼻血でフロアを汚しながらも立ち上がってきた。鼻柱が福笑いのように曲がっている。男は自分の指でそれをつまむと、顔色ひとつ変えず折れ曲がった鼻骨を強引に戻した。

「あいッてぇ～。女なのにさ、すんげえパンチしてんじゃん。踏みこみ速くて全然見えんかったわ～……あとおまえらさあ、手は出すなよ？　これもう俺の喧嘩だから」

　金髪男がハムみたいな太い腕を曲げて持ち上げ、顔面を完全にガードした。みっしりとした肉の重量が放つ威圧感で、店内の気圧が変わったかのように錯覚する。まるでこの場に、動物園を脱走した巨大な白サイでも迷いこんできたかのようだ。

「まあでも、血ィ出てからが本番でしょ」

　シュエの剛腕フックで鼻を折られても平然としている打たれ強さに、私はちょっとばかり警戒心を覚えていた。普通なら、あれでもう終わっている。

　不意討ちの一撃を完璧に入れても決められなかったのは、明らかに体重と体格の差だ。

　シュエも鍛えあげた筋肉を身にまとっているが、体重はせいぜい六〇数キロかそこらといったところだろう。対して、金髪男はシュエより一〇センチも身長が高く、体重も九〇キロ近くはありそうだ。しかも、たるんだ脂肪で重いわけじゃない筋肉のかたまり。二〇キロ以上に達する肉と骨の物量差が、シュエの拳から必殺の威力を消してしまうのだ。

「ちッ……うっとうしい構えしやがって」

ガードを固めてじりじり前へ出てくる巨体の圧力に、シュエが自然と後退させられていた。

アーニャちゃんのような変幻自在の戦闘タイプなら楽勝だろうけど、脳筋タイプのシュエとの相性はめちゃくちゃ悪い相手だ。このサイズ差で、正面から殴り合って勝つのは相当に厳しいだろう。

「やっぱり食べすぎでキレが悪いんじゃない？　手伝う？」

彼女の緊張を和らげる意味で、軽口を飛ばす。シュエは正面を向いたまま鼻を鳴らした。

「冗談だろ？　惚れ直させてやるから、黙って見てろよ」

だが心配は無用のようだった。シュエは冷静さを失ってはいない。わざわざ素手で立ち合って拳銃を使おうとしないのも、単に頭から飛んでいるからではなさそうだ。

「ッシャオラァァァァッ!!」

下がる足を止めて前に出たシュエが、猛然と拳を振るいラッシュをかけた。相手の固めたガードの上から、委細構わず殴り続ける怒濤の無呼吸連打が爆発する。

のみならずガードの空いたボディにもシュエの拳は次々めりこんでいくが、どっしり構えた腕の下で金髪男は笑っていた。まったく効いていないのだ。

「まあ……最初からもらう覚悟してれば、正味こんなもんだよね。たしかに女の子にしちゃ重いパンチだけど、これじゃあ倒れないな〜……じゃあほら、こっち打たせてあげる」

金髪男がガードした腕をだらりと下げ、空いた顔面を前に突き出す。あからさまな挑発だ。

「なめんじゃねえッ!!」

シュエがそれに乗った。自分の顔が後ろを向くほど大きく振りかぶり、外角から振り回すオーバーハンドの右フック。あの一発がまともに顎へ入ったら、いくらタフだろうが誰でも失神するだろう。鍛えようのない脳が強く揺さぶられれば、体格差も意味を失う。

だが、渾身の強打は空を切った。金髪男が低く身を沈め、頭上にそらしたのだ。あれだけ予備動作の大きい強振をしていれば、パンチの軌道を目で追うのも容易だろう。

同時に、男が巨体を潜らせながらシュエの懐に飛びこんできた。カウンターのタックルだ。

シュエは完全に誘われ、隙の大きなパンチを打たされてしまった。

がら空きになった両ワキを差されると、組みつかれて軽々と持ち上げられる。金髪男は、そのまま体重を浴びせてシュエをフロアに叩きつけた。パワーの差は歴然だ。

「ぐッは……！」

背中を襲った強烈な衝撃に、シュエが肺から空気をたたき出される。ダウンした身体の上に、金髪男がどっかりと馬乗りになった。

「はい詰んだ〜。勝ち〜」

金髪男が舌を出して勝ち誇る。フルマウントポジション。総合格闘技の試合なら、圧倒的に上側が有利になる制圧の体勢だ。ここから脱出するには相応のスキルが必要なのだが、体格差はここでも付いて回る。その上シュエは、寝技が得意ではないはずだった。

「じゃあこのまま顔面ボコボコにしますね～？　現実がわかった？　これが男と女のはっきりした差なんだよね。最初から勝てるわけがないじゃん」

うれしげにシュエを見下ろし、大きくごつい拳を見せつける金髪男。

「……ああ、そうだなァ。まったくもって同感だぜ」

その顔を下から見上げ、シュエが邪悪な嗤いに口元を吊り上げた。

そして。

「ッ!?」

次の瞬間、金髪男が全身を硬直させて異様な声をしぼり出していた。

男の股間を、シュエの左手がズボンの上から強く握りしめている。

「こ～んな特大の弱点をぶら下げてるんじゃなァ。たしかにテメエの言うとおりだ。男と女じゃはっきりした差があるよなァ。最初から勝てるわけがねェ」

「やっ、やめ――」

顔面を赤紫色に変え苦悶する男が、シュエから必死に身を離そうとして暴れる。しかし、万力のようなシュエの握力はゆるむ気配が一向になかった。

「よっと」

股間をつかんだまま、シュエがあっさり巨体をひっくり返して上になる。同時に男が嘔吐した。ズボンの布地に、じわりと濡れた黒い染みがひろがっていく。睾丸を握りつぶしたらしい。

「オラァァァッ!!」

そして、シュエが全体重を乗せきった渾身の右肘を打ち下ろした。コンクリートブロックが割れたような、驚くほど大きな鈍い音がフロアの空気に響く。すでに折れた鼻が完全に陥没してめりこみ、眼球が二つとも内圧で飛び出すのが見えた。金髪の身体が、打ち上げられたマグロのように痙攣をはじめる。

「……あ、ヤベェ！ つい勢いで殺っちまったわ〜。明良ァ。こいつからはもう何も訊き出せねェから、そっちの奴らを逃がすなよ?」

好き勝手にやったあげく、フォローは全部こっちまかせとは。相も変わらず、ガサツで我ままにも程がある女だった。まだまだ教育は必要なようだ。

呆然と固まっていた残りの男たち五人は、シュエの言葉が引き鉄となったか一斉に動き出した。うち二人が私を捕まえようと前に出てくる。私はその眼前に、抜き放ったベレッタの銃口を突きつけた。

男たちが金縛りとなり、再び動きが硬直する。私は用心鉄にかけた人さし指を支点に、銃を手の中でくるりと回転させた。銃身のほうをつかむと、ベレッタの台尻で前に出てきた二人の顔面を殴打する。拳銃の台尻はハンマー同然に硬くて重い。男たちは折れた歯を血と一緒に吐き出し、それぞれ床にダウンした。

二人を一瞬で行動不能にすると、私は残り三人へと向かう。殴りかかってきた一人のパンチをかわし、カウンターの掌底を顎に叩きこみ失神させた。残り二人。一人はドアへと迷わず逃走。もう一人は逃げた仲間の行動に動揺し、狼狽するというこの状況でどうしようもない選択をした。私はその首筋に、腰を回したハイキックを入れる。男は垂直に腰から崩れ落ちた。

「止まりなさい。撃つわよ」

ドアを開け廊下へ逃げだした男に、背中から鋭く声を飛ばす。男はぴたりと足を止め、両手を上げて従った。

「店に戻って、手を上げたまま床に座って」

最後に残った男は、よろよろとガールズバーの店内へ戻ってきた。その顔からは完全に生気が失せている。腰が抜けたように、べたりとフロアに座りこんだ。

「さすがはベテラン。鮮やかな手並みじゃねえか」

その間バックヤードを漁っていたらしいシュエが、カウンターの奥から戻ってきた。手にしたダクトテープで、全員の両手首をきつく縛り上げていく。

「なにそれ、おばさんって言いたいの？」

「んなこと言ってねえだろ。オレが年上好みなの知ってるくせによォ」

「ふーん、なるほど。年齢だけなんだ、私のことがいい理由って」

「ちょちょ、待てよ。なんだよいきなり……？」

シュエが、さっきの闘いの中でも見せなかった弱気な顔で焦っている。ぞくぞくした。

「いっぱいあらァ、そんなもんッ！　顔やスタイルもめちゃくちゃタイプだしよォ。度胸が据わってるところとか、あと作るメシも旨いし、あと……」

私は言葉の続きをキスでふさいだ。舌を深く入れ、わざと卑猥に唾液の音を鳴らして激しく吸う。さっきのシュエのファイトを見ていて、実は結構興奮してしまっていたのだ。

目の前で突然のディープキスをはじめた私たちを、床に座らされた男があっけにとられたような顔で見上げていた。


聞き出した情報によれば、久我山は人身売買組織の仕事で今夜は自分の店には寄らないらしい。行き先は、港にある貨物倉庫。海を越えた極東ロシアの地へ出荷する物件を保管しておくための、組織が管理する施設だ。

そこに出荷予定がある商品――つまり売却対象の人間の身柄が運びこまれた日は、貨物船への積みこみが終わるまで管理責任者として立ち会っているとのことだった。

私とシュエは、車で市街地を離れ数キロ先の港まで移動。貨物倉庫から離れた場所で降車すると、微光暗視装置（スターライトスコープ）のレンズをのぞき周辺状況を確認した。

周囲のわずかな可視光を集めて光量を増幅し像を結ぶこの機械は、暗いところで大きくなる猫の瞳と同じ原理を使用している。つまり猫たちは、天然の暗視装置持ちということだ。

「建物の外に人はいないわね。まあ、目立っちゃまずい場所だし当然か」

「問題は中がどうなってるのかと、人数だな。あとは武装ってところだが……」

シュエが星空の下に横たわる倉庫を見渡した。

「明良（あきら）。アンタはさっき自動小銃（AK）までは出てこねえだろと言ってたが、オレの勘だと普通にあるな。さっきのガキどもに触れてみた肌感覚だが、日本人のチンピラにしちゃ結構ヤベエ連中と感じた。殺しも平気でやりそうだし、国内の半グレグループより外国の犯罪集団に近いな」

年端（としは）もいかない子供のころから少年兵として過酷な戦場で生き延び、一八歳の若さで《プロキシー》制定の殺し屋ランキングに名を連ねる《ブラック・ビー（黒蜂）》の嗅覚（きゅうかく）はたしかなものだ。参考にしないわけにはいかない。

「想定よりガチめに武装してるかもってこと？」

「そんなところだ。さっきはオレも銃はいらねえとは言ったが、こうなると拳銃一挺（ちょう）じゃ頼りねェぐらいだな」

拳銃以外の装備は、二人ともナイフが一本ずつしかない。事前に想定したイメージから少しずつ狂いが生じている。こんなことなら東京のセイフハウスからショットガンでも持ってくるべきだったが、後の祭りだ。

　唯一にして最優先すべき目的は、ターゲットである久我山(くがやま)の殺害にある。もし銃撃戦がはじまった場合、久我山が逃亡し雲隠れしてしまうような事態になれば最悪だ。しかし、そうはならないだろうと私は思った。

　追われる身である久我山は、ヤクザからの追いこみを怖(おそ)れてこの土地の犯罪組織に潜りこんだ。大金を払って得た外部からの安全と今の生活基盤を失うことは、基本的に避けたいはずだ。仕事を放置して逃げ出せば、もう組織には戻れない。となれば現場に留(とど)まり、責任者として商品を守るほうを選ぶんじゃないだろうか。

　方針は決まった。

「二手に分かれましょう。作戦としてはまあ単純な陽動ね。派手に暴れて敵の銃口を引きつけるほうと、その裏から近づいて本命を確保するほうで分担」

「わかった。オレは当然――」

「囮役は私がやるわ。シュエは、久我山を先に押さえて」

　機先を制して役割を決めると、シュエが露骨(ろこつ)に不満そうな顔色を浮かべた。

「シュエの銃だと陽動には不向きでしょ？　景気良くばらまかないといけないんだから」

　九ミリ弾(パラベラム)より大きい四五口径ＡＣＰ弾を使うコルトＭ１９１１(ガバメント)がベースのキンバーは、装弾数七発。薬室内に装填(そうてん)したぶんを入れても八発。一五発撃てる私のベレッタに比べると、約半分しかない。

「けどよォ。バンバン弾が飛んでくる中で跳び回るのは、絶対オレに向いた役目だろ。明良(あきら)はもっと、スマートなっていうか……」

「どっちみち、銃で撃たれたら死ぬ確率は誰だって同じよ。それともやっぱり、年上(おばさん)はノロマで頼れないと思ってるわけ？」

なおも食い下がってくるシュエを冷ややかに見返すと、まだ何か言いたげながらようやく彼女は口をつぐんだ。

これでいい。シュエに対して私が背負った原罪を贖(あがな)うには、危険な役目を引き受ける程度じゃまだ足りないのだから。

私たちは簡単に打ち合わせをしてから、作戦通り二手に分かれた。

倉庫の裏口に回ったシュエを確認すると、私は外部の非常階段を登ってキャットウォークのある二階部分への入り口へ向かう。

ドアノブをひねると施錠(せじょう)されていた。私はベルトの下にはさんだベレッタを抜くと、発砲し鍵(かぎ)を破壊する。硝煙(しょうえん)が立ちこめる中、私は建物の中へ突入した。

天井近くの空間に差し渡された作業用のキャットウォークへ踏み出すと、物凄(ものすご)い轟音(ごうおん)が空気を揺るがし足場の鉄材に火花が散った。やはりシュエの読みどおり、自動小銃(アサルトライフル)のお出迎えが待っていたようだ。

臆して足を止めれば、即死だけが待つ。私はスピードをゆるめず、キャットウォークの上を全力疾走する。下を見て確認してから、虚空に身を投げ飛び降りた。

四メートルほど下に配列されたコンテナの天板に両足裏から着地。その瞬間に膝を曲げて身体を丸め、前転して落下の衝撃を殺した。慣性のついた勢いで転がり続け、コンテナの反対側に自ら落ちる。

コンクリートの床で背中から受け身を取った。痛みを無視して立ち上がると同時に、私はさっきマズルフラッシュが見えた方角へ向けてベレッタを連続で撃ちまくった。当然のように襲ってくる猛反撃の弾幕を喰らう前に、私は次のコンテナを目指して走り出していた。その間も、闇の中に浮かび上がる銃炎めがけてベレッタを斉射。

わざわざこっちの居場所を教え続けているようなものだし、実際そのつもりだった。すぐ近くで着弾の火花が散り、鋭い残響が鼓膜をつんざく。心臓を震わす銃声が倉庫の天井に反響しまくり、自分の走る足音さえ聞こえない。

遊底が後方に飛び出しホールドオープンしていた。弾倉が空になったので、私は走る足を止めコンテナの陰でリロードする。敵側の銃声も止まっていた。私の射撃がやんだ間に距離を詰め、人数で囲むつもりだ。

「左から……二人。右は……まだ遠い」

暗闇の中で耳を澄まし、近づいてくる足音の数と距離とを聴きわける。先に叩くべきほうは決まった。

培った感覚で、距離が一〇メートルを切ったと判断した瞬間。私はコンテナとコンテナの間の空間を、左側へ足音を殺しつつ移動をはじめた。暗視装置を覗き、まっすぐ進んできた二人がコンテナの角から姿を現すのを待つ。見えた。進行方向にベレッタを照準し、目を閉じてから引き鉄をしぼった。続けざまに三発叩きこむ。

轟音が鼓膜を叩き、硝煙が鼻を刺す。悲鳴があがったのを確認すると、目を開け全速で距離を縮めた。暗闇の近距離でマズルフラッシュを目視させられた相手からは、私の姿は見えていないはずだ。近づきながらベルトにはさんだナイフを抜く。

拳銃とショットガンを手にした男が二人。いずれも被弾し、血の海に倒れていた。まだ息のある彼らの喉をそれぞれナイフでかき切ると、ひとまず制圧。

だが遅れて、コンテナの天板を荒々しく踏み鳴らす足音がこちらへ近づいてくるのが聞こえてきた。正確で速い足取りだ。どうやらコンテナの上に登り、高所から私の位置を見つけた奴がいるらしい。

私はすぐにその場を飛ぶように離れた。遅れて、自動小銃の掃射が頭上から降ってくる。間一髪で蜂の巣になる運命をくぐり抜け、命を拾った。鉄火場で人の生き死にを決めるのは神の加護ではなく、ただ一瞬の判断力とスピードだけだ。

次のコンテナの死角を目指して走りながら、後方を見ずに腕を曲げてベレッタを抜き撃ち。

感覚で外れたと悟る。到着したコンテナの角を曲がるとき、一瞬だけ斜め後方を振り返った。

コンテナの上からAKの銃口をこちらに向けた男が、まさに引き鉄をしぼる瞬間が網膜に焼きつく——私が、この世で最後に見る映像。

高所を相手に取られている時点で、いかに速く動こうがこちらの位置は丸見えだった。特に恐怖も絶望もなく、失敗したという無味乾燥なつまらなさだけを噛みしめる。コンティニューのないゲームが一つここに終わったのだ。この世に残る事実は、ただそれだけ。

轟音が空気を重く震わせた。

自動小銃の掃射音ではなく、四、五口径の腹に響く銃声が。

一秒前までコンテナの上に仁王立ちしていた、私の死神はもう消えていた。血を噴き出して転落し、コンクリートの上で虫のようにもがいている。

「よォ——救いの女神様の登場だぜ」

その声とともに闇奥から姿を見せたシュエが、キンバーを足下に向けて発砲。床の上に倒れた男の後頭部を、砕けたスイカのように吹き飛ばした。

「久我山は確保したの？」

自分が助かったことよりも、気がかりなのは仕事のほうだった。

「ああ。とっくに見つけて貨物コンテナに閉じこめてある。ただ、ちょっとばかり処理に困るオマケがあってなァ……」

困惑したようにシュエが言葉を濁す。ただ、のんびりした様子から切迫したアクシデントが起こったわけではなさそうだ。

「……いつの間にか、銃声が聞こえなくなってるわね。もしかして、残りの敵はシュエが？」

「正解。全員がアンタを追いかけてケツを向けてるとこを、後ろから順番に狩るだけの仕事だったからな。楽勝よ」

得意そうにシュエが白い歯を見せて笑った。その顔や身体には飛び散った返り血があちこち見られる。銃よりも、音の出ないナイフを多用したんだろう。

シュエは私を、フォークリフトに積載されたコンテナへ案内した。鉄のロックバーをひねって施錠を外し、前面のドアを開ける。

軋んだ金属音をたてて開いたコンテナの中には、写真画像で見た特徴と一致するポロシャツとチノパン姿の男と――

「おい、手を出すな。商品を殺すぞ」

その久我山が後ろから首に腕を回している、まだ中学生ぐらいの女の子がいた。幼いながらも美人だ、と状況を忘れて私の中のスカウターが高反応を示してしまう。

ストリートファッションっぽい装いをまとった細身は、モデルのようにスタイルがいい。さっきシュエが言っていたオマケというのはこの子のことか。おそらくは今夜、ロシアの人身売買市場に出荷される予定だった商品だろう。

「……なに言ってんだ、テメエ？」

シュエがあっけにとられた顔をしている。

私も同感だった。今初めて顔を見たばかりの女の子が、なぜ人質として機能すると思ったのかがわからない。いや、個人的に死なすのが惜しいのは事実だけど。

「とぼけても無駄だ！　おまえら、新薬を回収しにきたんだろ？　見ろ、ソイツはこうやって俺が押さえてるからな……わかってるのか？　死んじまったら全部台無しなんだぞ！」

パニクった久我山がわめきたてる。その言葉はなお意味不明だった。新薬？　しかも自分が押さえてるなどというくせに、その現物を見せようともせず少女を盾にする理由もわからない。

わかっているのは、久我山がその少女の喉を思いきり締め上げているということだけ。彼女のきれいな顔は苦しそうに歪んでいた。

「ちッ、うるせえなァ～。せまい中でわめくなクソが。キンキン耳に響くじゃねえかよ」

面倒くさくなったというように、シュエがキンバーの銃口を久我山に向けた。女の子ごと撃ち抜くことに一切ためらいを感じている様子がない。

「ちょまッ――え？　おまえら……こいつを回収しにきたんじゃないのか？」

戸惑ったように、久我山が私たちと腕の中の女の子とを見比べている。

「違うわよ。勘違いがわかったら、その子を放してくれる？　本当に死んじゃうわよ」

「解放したら、助けてくれるか……？」

「まず事情を訊（き）かせてもらって、それから検討してみるわ。助かりたかったら、せいぜい嘘はつかないことね。その女の子は誰？」

私が希望の糸を垂らすと、久我山は突き飛ばすように女の子の身を放した。コンテナの中に、うずくまった少女が咳（せ）きこむ苦しげな声が響く。

私は久我山が話を切り出すのを待った。シュエはその間も、今にも撃ちたくてたまらなそうな様子で拳銃をもてあそんでいる。

やがて覚悟が決まったか、久我山が重たげに口を開く。

「……このガキは、もともと俺が東京で裏カジノの店長をしてたころの常連客だった女の娘だ。今の俺の商売を知っていて、自分から儲（もう）け話を売りこみにきたんだよ」

いったん話しはじめた久我山は、真剣で饒舌（じょうぜつ）だった。このスピーチに自分の人生が懸（か）かっているのだから、それも当然なのだろうが。

「その女はギャンブル狂いの上に男（ホスト）狂いでな。借金が積もり積もって、娘を使ってしょっちゅう小金を稼いでた。で……その挙げ句が、とある新薬の臨床治験への応募だった。聞いたこともない団体名で、とあるウィルスを無毒化するワクチンの開発プロジェクトとかだったらしい。わけもわからない成分を投与されたりするんだから、死ぬことも当然あるだろうな。要するに、非合法な人体実験だよ。ガキの死亡も折りこんだ上での、破格の報酬（ほうしゅう）だったそうだぜ」

続きをうながす必要もなく、久我山は自分から滔々（とうとう）と話を続けていく。

「で、面白いのはここからだ。その怪しい新薬の開発責任者とやらが、年頃が近い娘がいるとかで、このガキに同情したらしくてな……どういう理由でこれが開発されようとしているのかを、せめてもの誠意ってことでガキに教えちまったんだよ。罪悪感か何か知らんが、うかつなことにな」

そこで久我山が一度話を止め、こちらの反応をうかがうように間をとった。私は無表情のまま、視線で続きをうながす。

「それで、ガキの母親もそれを知った。その新薬の存在が、ロシアのとある犯罪組織に対して深刻なダメージを与えるものだってことと……だからこそ、その組織にとってはどんな対価を払っても手に入れる必要があるものだってことをな。で、俺がこの土地でロシアの人買い相手に商売をしてるのを思い出したんだろう。何年かぶりに連絡してきて、その話を持ちこんできたってわけだ。そういうことならと、俺はその犯罪組織にコンタクトをとった。たしかに、向こうの提示してきた金額は相当なものだったよ」

話の筋が見えているようで、一向に何も見えてこないという印象だった。

違和感の正体を探るために、私は久我山を観察する。そして、かたわらにたたずむ少女の存在に意識が止まった。

「今の話だと、その新薬とやらを相手組織に売り渡す予定だったんでしょ？　で、肝心のそれはどこにあるの？」

　ここにいる少女の役割は、新薬開発のための被検体。つまりもう終わっているはずだ。なのにさっきから、久我山はまるでこの女の子自身が問題の新薬であるかのように扱っている。

「このガキ自身がそうだよ」

「なんだとォ？」

　シュエが不可解そうに顔を歪めた。私も彼女に同感だった。

「まだガキの中から取り出してないってことだ。金でガキの命を買った連中は、こいつにその得体のしれないウィルスを移植して、無毒化させる免疫細胞に体内で変化させようとした。だが治験が成功を見た矢先、母親がガキを連れ出してトンズラしちまったのさ。間抜けな話だ」

　ロシアの犯罪組織が是が非でも手に入れたい――つまり、この世から消したいと思う免疫細胞の現物が、この少女の体内にある。

　つまり、この少女は通常の商品のように人身売買の暗黒市場に流されるのではなく、売約先がすでに決まっているということになる。おそらくは今夜、貨物船で相手組織の人間が直接受け取りにくるに違いない。

「ありがとう。話はわかったわ」

　私は女の子を自分の手元に抱き寄せながら、ベレッタの銃口を久我山に向けた。

「おいっ、全部話しただろ……約束が違うぞ!?」

「助けるかどうか検討するって話だったわね。ええ、検討はしたわよ？」

で、その結果はこれ——と言葉にはせず、私はただ引き鉄をしぼり仕事を終わらせた。

轟音がコンテナ内に反響し、女の子が両耳を押さえてうずくまった。撃つ前に、耳をふさぐよう言ってあげるべきだったなと後悔する。

「あなた、名前は?」

私もしゃがみ、震えている女の子の肩をそっと抱いてあげる。鼓膜のしびれが消えるころを見計らってから、やさしく問いかけた。

「……りおん。雫石凛音」

女の子が私の目を見て、そう答える。光のない、吸いこまれるような黒い瞳が印象的だった。

たったいま私が久我山を殺した場面を目にしても、あまり怯えている様子は感じられない。

彼女の情緒が少し気がかりではあった。

ともあれ、今は……

「あなたにとっては通りすがりの殺し屋でしかないけど、私と一緒にくる気はある?」

「ちょ……おいまさか、こんなの拾ってく気か?」

シュエが血相を変えて割りこんできた。

「冗談じゃねえぞ。こんなガキこのまま置いてくか、元いたクソ親のところに突っ返せばいいだろ。適当な交番にでも放りこんでよォ」

それを無視して、私は凛音の細い身体をぎゅっと抱きしめてあげた。

「あ……」

「落ち着いて、よく考えてから決めてみて。あなたの運命を変えるチャンスは、たぶん今ここしかないから。この場に残るか、お母さんのところへ帰るか、どちらも嫌か」

それから、彼女の目を見てゆっくりと問いかける。最悪な親の元に生まれ、短い人生の中で様々な搾取をされてきた少女に。

　このままロシアの組織に回収されれば、おそらく日本へ戻ることはできないだろう。親元に帰した場合は、また似たようなことの繰り返しが待っている。どちらにせよ救いのないその二択か、それとも未知の三択めを選ぶのか。

「でも強制はしない。あなたの人生だもの——どうする、凛音？」

しばらく視線を落としていた凛音だったが、やがてこくりとうなずいた。

「お姉さんと一緒にいきたいです……連れていってください」

「よし、決まりね。私の名前は明良よ」

凛音の背中をポンポンと叩くと、彼女の身体から少し緊張が抜けた感触があった。

「だから、待てって」

シュエが苛ついた声をあげ、私の肩をつかむ。

「アンタがまず落ち着いて考えろ。やってることはただの未成年誘拐だぞ、明良」

「あら、言われてみればそうね」

「おいおい、冗談じゃねえって……連れていってどうするつもりなんだ？　自分好みの女にでも育てるつもりか？」

「それも悪くないけど、ちゃんと独りで生きていけるような手助けはするつもりよ。もしその必要が出てくれば、将来的な養子縁組なんかも視野に入れてね。その場合、この子の生物学上の親との交渉は必要になったりするんでしょうけど……まあ、お金であっさり片がつきそうなぶん、面倒くさくはないかもしれないわね」

「明良、それマジで言ってんのか……。ん？　養子ってことは、なんだ？　もしかしたらオレと明良の娘ってことにもなるのかもしれねェのか？」

文句たらたらで喰ってかかってきたシュエが、急に真面目な顔になって考えこむ様子を見せる。私は思わず笑いそうになってしまった。

「あら、知らなかったわ。私と結婚してくれるつもりだったの？」

「あァ!?　ばっ……たとえばの話だ、たとえばの！」

顔を真っ赤にして怒鳴りだすシュエ。もう腹筋の限界だった。久しぶりに声をあげて爆笑してしまう。

「おい、笑いごとじゃねえぞ！　……クソが、オレは知らねえからな。このガキのことには一切関知しねえ。アンタが責任を持てよな」

「わかってるわよ。でも、いじめたりしちゃだめよ？」

「誰がそんなガキみてえなことするかよ……おら、早く引き上げるぞ」

「はーい――じゃあいきましょう、凛音(りおん)」

少女の手を引きながら、血の臭いが立ちこめる貨物コンテナの中から私は出ていく。

とんだ気まぐれを起こしてしまったと自分でも思うし、シュエの言うことはもっともな正論だ。しかし、こういう衝動にまかせた展開は私の人生において平常運転でもあるのだった。

何より私は、この世すべての女の子と猫たちの味方なのだから。


市街地へ戻り、レンタカーの後部座席に凛音を乗せて出発する。帰りは行きよりも一人増えた三人旅になった。シュエは道中ずっと仏頂面(ぶっちょうづら)のまま、助手席で不機嫌さを隠そうともしない。まあ、単純な彼女のことだ。そのうちなんとかなるだろう。

高速道路も使い、延々と車を飛ばす。凛音が空腹のようだったので、途中の国道沿いにある終夜営業のドライブインで食事にする。凛音は遠慮(えんりょ)がちにカレーライスを注文し、おいしそうに食べた。シュエは不満そうな態度を崩さないまま、胃袋の欲求にしたがってカツ丼を二杯もかきこんでいた。

地元の町へ帰ってきたころには、もう夜が明けようとしていた。

マンションの部屋に入ると、蓄積した疲労が一気に押し寄せてくる。結局、昨日から一睡もしていない。

「シュエから先にシャワー使って。結構血を浴びてるから、割りとひどい臭いになってるもの……凛音は、私と一緒に入りましょうか。どこか怪我がないか一応見ておく必要もあるし」

私がそう言うと、シュエは何か言いたそうな表情を浮かべた。が、すぐに舌打ちをもらしてバスルームへ消えていく。

シャワーを浴びたあと、リラックスした凛音は冷房の涼しさもあってソファに座ったまま眠ってしまった。よほど疲労と緊張の限界にあったのか、大きな寝息をたてて熟睡している。

凛音の身体をソファに横たえタオルケットをかけてあげると、私は冷蔵庫から缶ビールを二本出してシュエに片方を差し出す。ショーツ一枚のおっぱい丸出しで、バスタオルを肩に羽織っただけのシュエがそれを受け取った。

「お疲れさま～、乾杯」

プルタブを開け、笑顔で缶を突き出す。シュエが困ったような表情で乾杯に応じた。まだ凛音のことでわだかまりはあるらしい。

冷えたビールを喉に流しこむと、炭酸の刺激が長時間のドライブで渇いた食道を焼いた。鼻腔へ抜けるホップのさわやかな香りに、心身の余分な力が抜け人心地がついてくる。唇にもどかしく残った白い泡さえ、ぬぐう気が起きない。今は、弛緩する至福にすべてを委ねていたかった。

「プッハァ～～。たまんねェなァ～！」

シュエもまた、この季節ならではな一杯めの快感を堪能していた。またたく間に三五〇ミリの缶を飲み干すと、自分で冷蔵庫を開けて二本めを取り出す。

「この仕事が終わったら、海へいくって約束だったよなァ。あれがキッいトレーニングのモチベーションだったんだぜ？　あのガキ拾ったからってすっぽかしたら、マジで暴れんぞ」

「もちろん忘れてないわよ。ところで水着はあるの？　私のを貸してあげようか？」

「アンタ、何気に衣装持ちだからな。まあ、明良のセンスなら外れはないと思ってるぜ」

酔いが回っていく中、自然と流れは自宅水着ファッションショーへと。

互いに選んだ水着を相手に着せては、冷やかしあいながら盛り上がっていく。

「これはどう、シュエ？」

私が持っている中で一番セクシーな水着を披露する。ワンピースタイプながら、背中の露出具合とハイレグの切れこみ角度が相当エグい。

尻の割れ目ぎりぎりまで露出した背中を見せて微笑むと、シュエはとっくに限界のようだった。切ない顔で息をあえがせながら、バックからむしゃぶりついてくる。挑発のチキンレースは私の勝ちのようだ。

「ああクソクソッ、この肩甲骨たまんねえ……ッ。ずりぃぞ、明良ぁ……ッ」

「なに言ってるの。おっぱい見せて先手打ってきたのはそっちでしょ」

そのまま寝室のベッドになだれこむ。シュエは当然のごとく私に着せたまましたかったようで、この水着は本来の用途を果たす前にクリーニングへ出す必要がありそうだった。すぐ隣の部屋にあるソファでは、凛音が寝ている。そのため互いに声を殺しながらの一戦になり、背徳感と新鮮さで二人とも異常なまでに燃えたのは言うまでもない。

心地よい疲労と酩酊の余韻にただよう中、いつの間にか私は眠っていて……

「……ん」

バスルームから聞こえてくる物音で目が覚めた。

閉めたカーテンのすき間から、陽射しの強さを感じさせる光の線がフローリングに差しこんでいる。スマートフォンの画面を見ると、もう昼の一時すぎの時刻だった。

シュエは隣で豪快な高いびきをかいており、まったく起きてくる気配がない。私はそれをよそに下着をはき、ノーブラのままTシャツを着た。

寝室から出ていきバスルームをのぞくと、泡立てたスポンジで浴槽を一心不乱にこすっている凛音の後ろ姿が見えた。

「おはよう」

私が声をかけると、弾かれたように彼女が振り向く。

「あ、おはようございます。明良さん……！」

「お風呂の掃除してくれてたの？　えらいわね」

「いえ、本当はごはんとか作れたらいいんですけど……わたしにできるのって、これぐらいのことしかないですから。あ、終わったらトイレ掃除と洗濯もやりますね」

「そんなに気を使わなくていいのよ？」

私がそう言う間も、凛音(りおん)の手が止まることはなかった。何かに追われるかのような必死さに、この子が今かかえているだろう不安の大きさを感じてしまう。

「でも……」

「私は別に、メイドさんがほしくてあなたを連れてきたんじゃないもの。あ……ちょっと今、悪いこと考えちゃったけど」

「はい？」

「凛音ってスタイルいいし美人だから、きっとメイドさんの服も似合っちゃうだろうなって思ったの。一回は着せてみたいな〜みたいな？」

「美人だなんて……明良(あきら)さんこそ、マジで女優さんみたいにきれいじゃないですか。わたしなんて全然……」

凛音が恥ずかしそうにうつむき、媚(こ)びるような微笑を浮かべて私を見上げる。

「ううん、お世辞じゃないわよ。背も高くて細いし、ほんとにモデルみたい。あ、そういえば凛音っていくつなの？」

「一三歳です……あ、雑誌の読者モデルも一応やってはいました。ちょっとの間だけですけど」

「やっぱりそうなんだ。一三ってことは中一か中二よね。学校はどうしてたの？」

「ちょっと母親の借金とか、読モの前にやってた仕事の内容とか、いろいろ噂がひろまって行きづらくなっちゃって。その、不登校というか……」

　凛音の表情が露骨に曇り、声のトーンが落ちる。空気の湿度と重さが増した気がした。

　私は湿っぽい空気を吹き飛ばすように、ぱんと両手を合わせて打ち鳴らす。

「ああ、お腹すいちゃった。ちょっと遅めだけど、近所にお昼ごはん食べにいこっか。お風呂掃除はきりのいいところで。着替えてくるから、ちょっと待ってて」

「は、はい。でも、シュエさんはまだ寝て……」

「あんなのはほっといても構わないわ。寝起きの悪さが半端ないし、帰りにお弁当でも買っていってあげればいいでしょ」

　マンションの外に出ると、八月の強烈な陽射しに視界が白く染まった。蟬の大合唱が、銀色に輝く入道雲の下で響き渡る。

　私は五分ほど歩いた住宅地の外れにある、老舗の鰻屋へ凛音を連れていった。

「こないだ土用の丑の日だったから、鰻にしましょうか。嫌いじゃない？」

「……うなぎ！」

　紺色の暖簾を前にしながら、凛音が目をまん丸にして驚いている。整った顔立ちに、コミカルな表情が意外に良く似合っていた。

「そんなのテレビでしか観たことないです……鰻なんて、一生わたしには縁がないものかと思ってました」

そのとき、店の換気扇から鰻を焼く煙が流れてきた。醤油とみりんのタレや鰻の脂が焦げる、たまらない匂い。それをかいだ凛音のお腹が、お手本のような音を鳴らした。

羞恥に頬を染める彼女を、いとおしく感じる。私はそっと細いその肩を抱いてうながしながら、店の暖簾をくぐっていった。

生まれて初めて食べたという鰻重の特上を、凛音はこちらがびっくりするほど喜びながらたいらげた。私も久しぶりに、鰻のふっくらした蒸し加減と程よい表面の焼き具合を堪能する。鰻の脂がしっかり乗るのは本当のところ秋以降とは聞くものの、こういうのは旬の季節に食べたという気分が大事だと思う。

シュエのために注文しておいた折り詰めの鰻重弁当を受け取り、会計を済ませて外に出る。肌寒いほど冷房が効いた店内から、また炎天下への逆戻りだ。

食後の散歩がてら、私はいつもドラッグストア勤務の帰りに通り抜ける公園へと足を伸ばす。遊歩道を歩きながら、凛音がさっきから何か言いたげにタイミングを計っている空気を感じた。

「なぁに？　質問ならなんでも答えるわよ。とりあえず、そこに座りましょうか」

木陰になるベンチの前を通りかかったので、並んで腰を下ろしてから話をうながす。凛音は、意を決したように深呼吸をひとつした。

「あの……いきなり変なこと訊いてごめんなさい。もしかして明良さんは、男性より女性が好きな人なんですか？」

不覚にも、どきりとしてしまう。

「ああそっか。ごめんね、ゆうべは起こしちゃって。静かにしてたつもりだったんだけど」

どうやら、寝室でシュエとしたセックスを見たか声を聴いたかしたらしい。てっきり熟睡していると思っていたのに、油断してしまったようだ。子供の教育上よろしくない。

「……わたし、経験はないですけど、一生懸命がんばりますから。明良さんに満足してもらえるように」

「はい？」

思いつめた目つきで、かみしめるように。凛音が突然、そんなことを言いだした。なんのことだかわからず、つい間抜けな返事をしてしまう。

「いつでも心の準備はできてますから……明良さんなら、わたし全然嫌じゃないし」

「ちょっとちょっと。待ってもらっていい？」

遅れてやっと、彼女が言っていることの意味を理解する。

思わず苦笑いしながら、私は凛音の話を止めた。子供だと思っていた彼女から超アダルトな発言が飛び出したので、面食らってしまう。この子、やっぱりどこか普通じゃないな。

「私は愛人としての役割まで、あなたに望んではいないわよ？」

「あ……わたしじゃだめでしたか」

凛音(りおん)はショックを受けたような表情を浮かべた。かわいいけど、ちょっとめんどくさい。

「あはは、そうじゃなくってね……凛音のことは素敵な女の子だと思うし、今この瞬間もキスしちゃいたいとか正直思うわ」

「あっはい、どうぞ……」

今度は顔を上げ、目を閉じてキス顔を向けてくる凛音。しまった、余計なことを口走ってしまったようだ。

「いいから聞いて。私も本音では、世界中のかわいい女の子と寝てみたいと思っている女なの。でもね、凛音はまだ中学生でしょう？　手を出すのは、私でもさすがに自制心が働く。社会の法を歯牙(しが)にもかけない殺し屋といえども、自分の定めたルールにだけは厳格に従うものなの。そういう鉄の精神力があるからこそ、今日まで生き残ってこれた」

我ながら適当なでまかせを言っていると思うし、本当はそんな自制心などは一切ない。実際、未遂に終わったとはいえ一六歳のアーニャちゃんにも手を出しかけたわけだし。

「それにね、今のパートナーのシュエはとても嫉妬(しっと)深いの。ただでさえ凶悪なあの顔が、今よりもっと怖くなったら嫌でしょう？　私はちょっと勘弁してもらいたいわね」

「……それもそうですね。シュエさんに悪いです」

帰りの道中でシュエが出していた不機嫌な圧の強さを思い出したのか、凛音はようやく納得してくれたようだ。

話が一段落したところで、ふと公園の植えこみに視線を走らせる。無意識に見せたその仕草を、凛音が不思議そうに見ていた。

「明良さん、なにか探してるんですか？」

「うん……どこかに野良猫がいないかをね、ちょっと。いつも仕事帰りにここに寄ると、ごはんをあげてる子たちがいるんだけど。さすがに昼間の暑い中じゃ、どこか涼しい場所を探して隠れてるんでしょうね」

「猫……」

ぽつりと凛音がつぶやく。

「猫は好き？」

一か月前、この場所でシュエに同じ質問をしたことを思い出す。

あのときはたしか、「好きでも嫌いでもない」と答えたんだったろうか。それでも、猫に触れるものなら触ってみたいという気持ちはあの凶暴な女にもあるようだった。

凛音はどうなのか、ふと好奇心が湧いてくる。

真夏の陽射しが、凛音の足下に濃く蒼い影を落としていた。彼女の横顔はシルエットに沈み、長い睫毛が蝶の触角のようにも見える。

「嫌いです」

光のない黒い瞳で、はっきりと凛音はそう言った。

「へえ……そうなんだ」

私は凛音の答えに意外さを覚えた。

猫が嫌いだからというわけじゃない。世の中には一定数、そういう人間もいるだろう。

昨夜出会ってから今まで、凛音はどことなく私におもねったり媚びるような反応しか見せてこなかった。そんな彼女が、初めて嘘偽りない自分の意思を示したように感じたからだ。

しかし、凛音は私の反応を違うように解釈したらしい。

「やっぱり、明良さんもそうですよね。誰かに猫が嫌いって言うと、だいたいちょっと『えっ』ていう感じの反応をされるんです。それぐらい、無条件で誰にでも好かれてる存在ってことですよね……猫って」

凛音の口角が、どこか自嘲するような微笑みの曲線を描いた。光のない黒い瞳の色が、心なしか深さを増していく。

「わたし、小さいころはずっとお腹がすいて泣いてた記憶しかないんです。お母さんの機嫌をちょっとでも損ねると、その日はごはん抜きになったんで……お母さんは、テレビが大好きな人でした。毎晩やってるような、芸能人がたくさん出るバラエティ番組が。おいしそうな料理のグルメリポート、それにみんなが喜ぶ猫の動画紹介……」

今までとはがらりと温度が変わった凛音の話を、私は黙って聞き続けた。

「お母さん、テレビで猫が映るたびに、聞いたこともないようなやさしい声で、かわいいかわいいってはしゃいでました。わたしはそれを物陰からそっと見ていて……この人の中には、ちゃんと人間らしいやさしさや愛情があるんだなって感じて……そのたび、とても自分がみじめになりました」

凛音の声は淡々としていて、特につらい思い出を語っているという雰囲気はない。

けれど逆に、その声の平坦さにただならぬ情念の重みを感じてしまった。何かとてつもなく嫌なものに触れてしまった感覚があったけれど、口をはさむことなく言葉の続きを待つ。

「いっそお母さんが、心のない悪魔みたいな人間だったら良かったのになって思います。それなら自分の子供を愛さなくても、かわいがらなくても当然じゃないですか？　でも、あの人はごく普通の、何かを愛する心を持った人間だった……じゃあ、そんな普通の人から、ほんの少しのやさしさや愛情さえもらえないわたしって、なんて価値のない生きものなんだろうって。猫が悪くないのはわかってますけど、そう思うようになってからは、ずっと大嫌いで……」

それから凛音は、自分の足下に刻印されたような濃い影を見つめながら。

「だから……猫を殺すような人の気持ちも、わたしにはなんだかわかる気がするんです。ただ生きているだけで、誰からも愛されてしまうあの存在が妬ましい。そんな、どうしようもなく劣等感を押しつけられる気分っていうか……」

ぞっとするような一言を、口にしたのだった。

猫を殺す――聞いただけで、殺し屋の私でさえ強烈な忌避感を覚えざるをえない響きだ。

そうした心理をいだいてしまうのは、単純に私自身が猫好きだから……というだけの理由でもないような気がする。

人間が猫に対していだく愛着は、ただの愛玩動物という域を明らかに越えていると思う。もしもただそれだけの存在だったなら、これほど人に対して大きな影響力を持っているはずがない。今やテレビやインターネットをのぞいてみれば、商品とは無関係なのに猫が登場するＣＭがあきれるほど多数見られる。過去、芸術や文学のモチーフとなった例も数知れない。

それは猫という存在が、象徴として担っている強いイメージがあるからだ。

多くの人間を笑顔にでき、この世界には生きていくだけの価値があると信じさせてくれるような、心を前へと動かす力……幸せや希望という概念が。

目に見えるし、手で触れられる、人類の最も身近で活動する実体を持った幸福――それが猫。だとすれば猫殺しには、人々が共有する幸福のイメージを毀損する倫理的な攻撃という側面もあるのかもしれない。だからこその理屈抜きの忌避感が発生する、というわけだ。実際、古代エジプトでは猫は神聖な存在として扱われ、猫を殺した人間は死罪になったと聞いたことがある。

もちろん、凛音がそんなことを考えているわけじゃないのはわかっているけれど……

「明良さん？」

しばし呆然としていた私が我に返ったのは、こちらを見つめる凛音の不安げな表情を見たからだった。

「あの、ごめんなさい……勝手なことを長々としゃべっちゃって。わたし、つい……」

その弱々しい声には、猫の話をしていたときの乾ききった異様な情念は感じられない。私に対する、無意識の媚びや怯えがまた見え隠れしている。

たったいま凛音の生い立ちを知らされて、私におもねるような態度の意味が良くわかった。自分を支配する力がある大人の機嫌を損ねてはならないという、彼女の無意識にまで染みついてしまった性格だ。そうしなければ日々の生存さえ危うかったのだから、無理もないことだろう。

私は不安そうな凛音の背中に腕を回し、初めて言葉を交わしたときのようにぎゅっと抱きしめてあげた。

「大丈夫……あなたは何も悪くないし、間違えてない。悲しかったことを忘れるには時間がかかるかもしれないけれど、凛音はまだ若いんだから大丈夫。これから、いくらでも幸せになっていけるわよ？」

そして、耳元でそうささやく。じっとりと軽く汗ばんだ肌ごしに、凛音の呼吸が伝わってきた。そのリズムが、次第におだやかなものになっていく。

「……明良さんに抱かれていると、すごく安心します。もっと強く、ぎゅってしてください」

そんな理性がゆらぐようなことを言われ、私のほうは内心おだやかじゃなくなってくる。けれどこの子の境遇に付けこむような真似は、いくら身勝手な私でもさすがにできない。

「じゃあ、外は暑いし帰りましょうか。シュエもいいかげん起きるころでしょうし」

頃合いを見て身体を離すと、凛音を連れてマンションへの帰路につく。

炎天下を歩きながら、私が考えていたのは凛音の持つ危うさについてだった。

その危うさが彼女自身の幸福を壊すような事態を呼ぶことを、私は身近で見守る大人として未然に防がなければならない。

彼女のかかえた心の傷を癒やすのは、はっきり言って容易なことじゃないだろう。長い時間をかけてこちらを信頼してもらい、少しずつ綻びを縫い合わせていくような根気がいる。

そんなことは殺し屋じゃなく、母親のするべき仕事だ。柄じゃないとは自分でも思うが、かわいい女の子のためならがんばれる。なんとか一肌脱ごうじゃないか、と私は密かに気合いを入れるのだった。

「ったく、メシ食いにいくなら起こしてくれたっていいじゃねェかよ。こんなときだけ変な気を使いやがって……あぁ腹へった～」

寝ている間に置いていかれたシュエは、帰宅するとあんのじょう不満そうに嫌味を口にした。

しかし鰻重の折り詰めを見たとたん、コロリと機嫌が良くなったので噴き出しそうになる。

そっと凛音と顔を見合わせ、「ね？」とばかりにウインクすると、彼女も可笑しそうに小さく微笑を見せてくれた。


それから数日後の夜。

生活圏内にある大鷹神社で行われている夏祭りへと、私たちは夕食がてら出かけていった。

闇をギラギラと塗りつぶす裸電球の強い光と濃い陰影、人のにぎわいが生み出す雑多な喧騒。その中を、凛音を真ん中にはさんだ三人連れで歩いていく。

凛音は母親から、お祭りの縁日に連れていってもらったことはあるんだろうか。そんな、普通の子供なら当たり前なことさえちょっと訊きづらいものがある。

それでも、少なくとも表面上は凛音が楽しそうな様子だったことには救いを感じた。

そんな中で……

「明良――」

私の顔を見て、声をかけてきた女の子がいた。

アーニャちゃん。前に殺しの仕事を手伝ってもらったこともある、オールマイティな凄腕の暗殺者だ。

小柄な背丈に、初めて見る浴衣姿。銀髪が映える茄子紺色の地が素敵だった。

「あら、アーニャちゃんたちも一緒なんだ。へえ……浴衣姿、とても似合っててかわいいわよ？」

なにより圧倒的に顔が良い。初めて会ったときから魅了されたアーニャちゃんの完璧な美貌に、ついつい見とれてしまう。

初対面のあのときは、まだ風が冷たい三月だった。いつの間にか、彼女が日本へやってきてから半年近いという事実に、時の流れの早さを感じる。

アーニャちゃんの身の上話も、いつか聞かせてもらったっけ。ロシアの犯罪組織から脱走し、裏切り防止で注入された殺人ウィルスの発症を抑制するために、猫のアレルゲン成分を日々必要としていることを……

その話を、ふと思い出したとき。

頭の芯を走り抜けた電流に、私は突然打ちのめされていた。おそるべき理解が、津波のようにひろがっていく。

――なんてことなの……どうして今まで気づかなかったんだろう？

とあるウィルスを無毒化する免疫細胞。

それを消したがる、ウィルスを管理するとあるロシアの犯罪組織。

果たして本当にそうなのかは、裏をとらなければ不明なままだ。

しかし、こんな組み合わせがこの世に二つとあるとは思えない。私の至った理解に、ほぼ間違いはないだろう。

凛音とアーニャちゃん。生まれた国も育った境遇も違う、ふたりの少女。

そんな彼女たちの運命は、けれど思わぬところでつながっていた。

何の因果か、私という存在を中継点として。

「じゃあまたね、アーニャちゃん。小花ちゃん。お友達とお祭りを楽しんで」

内なる動揺を誰にも悟られぬよう、微笑を向ける。シュエと凛音をうながし、私は祭りの喧騒を後にしていった。


翌日の夕方。

「それで次の週末から、みんなで雁金海岸へ旅行にいくことになったんです」

レジカウンターをはさんだ向こう側で、小花ちゃんが楽しげにそう言った。

「へえ。じゃあ、アーニャちゃんも？」

「はい、旭姫ちゃんと一緒に。エリの親戚が経営してる海辺の旅館に、もう予約を入れたって言ってました」

私がパートタイムで勤める駅前のドラッグストアへ、小花ちゃんが買い物で訪れた。

実家が猫カフェを営んでいる彼女は、キャットフードをいつも大量に買いこんでいってくれる当店のお得意様だ。

「ふーん。実は私も、今年は海にいきたいなって思ってたの。いっそ小花ちゃんたちに便乗しちゃおうかしら?」

「えーっ。ほんとですかあ?」

小花ちゃんがうれしそうに声を弾ませる。

「うん。場所はまだ決めてなかったから、ちょうどいいかも。連れが二人いるんだけど、どっちもみんなとは歳の近い女の子だし、仲良くできたらなって」

「わあ、それ最高じゃないですか！　大歓迎ですよお」

小花ちゃんの差し出すポイントカードをスキャンしつつ、私は昨夜からの考えを実行する絶好のタイミングがやってきたと思っていた。

それは、凛音とアーニャちゃんの対面を水入らずな形でセッティングすること。

アーニャちゃんの命を救うのみならず、凛音のこれからの人生を手助けしてあげるために。

あの子に足りないものは、たぶん人として当たり前にあるべき自己肯定感だ。

誰にも媚びず怯えず、他人と対等な関係を築ける自信。それさえ持つことができれば、つらい過去を乗り越えるきっかけが生まれてくれるのかもしれない。

凛音の持つ免疫細胞の力は、アーニャちゃんの体内にある殺人ウィルスの無力化が可能だ。

その結果、アーニャちゃんからの感謝や喜びを凛音が知ることができたなら。そして彼女の人生を救い、幸せに導いたという自信を得ることができたなら。

そのとき凛音の人生に、今までにはなかった光が射しこむんじゃないだろうか……と。

「あのお……明良さんから見て、アーニャってどう思います？」

小花ちゃんの言葉で、つかの間の思考から意識が戻る。

「どう思う、って？　見た目のことなら、とってもかわいいと思うけど……でもたぶん、そういうことを訊いてるんじゃないのよね？」

私が問い返すと、小花ちゃんは何か思いつめたような表情になっていた。

彼女が今まで見せたことのない顔だ。

私は、女の子がこうなる瞬間を経験から知っている。

それは——誰かに恋をしているときだ。

「はい。わたしから見てもわからないことでも、いろいろ経験のある明良さんからなら見えるものがあるんじゃないかなあって……」

「アーニャちゃんに、何か小花ちゃんの知らない一面があるかもってこと？」

小花ちゃんが、こくりとうなずく。

恋する女の子はさすがに鋭い。アーニャちゃんが過去に隠した秘密の存在を、どうやら直感だけで探り当てかけているようだ。

「まあ……秘密というか、他人には見せない一面なら誰にでもあるんじゃない？　アーニャちゃんに限らずね」

私は同業者としてのたしなみで、とりあえず答えをぼかしておく。

「実は私にもあったりしてよ？　裏では世界を救うスーパーヒーローに変身してたりとか」

笑いながら冗談を口にすると、小花（こはな）ちゃんがどこかほっとしたような……でも少し気落ちしたような表情になった。

「あはは、それもそうですよねえ……じゃあいつか、アーニャに直接訊（き）いてみようと思います」

そうか……いつの間にか小花ちゃんは、アーニャちゃんのことを。

ふたりの間にある障害は、いろいろな意味で大きいだろう。でも、若い子の恋は素直に応援してあげたいなって思う。

「そうね。きっとうまくいくと思うわ。今度の旅行なんて、いい機会になるんじゃない？」

「はい。じゃあ、決まりですよお。明良（あきら）さんまで一緒だなんて、楽しみだなあ」

「ええ、私も楽しみよ」

そんな私の考えなど知るよしもなく、小花ちゃんは明るい声で笑っている。

彼女に笑顔を返しながら、私はまだ見ぬ大団円（ハッピーエンド）へとたどり着くための道筋を脳裏にそっと模索していた。

Mission.3 アーニャの夏休み 海旅行編

リモコンを操作しエアコンの電源を切ると、みるみる室内の温度が外気温と近くなっていく。八月も半ばになろうというのに、猛暑は一向にやわらぐ気配がなかった。

みんなと約束していた、海行き当日の朝。

私と旭姫(あさひ)は六時に起きて朝食と後片付けを終えると、時間に余裕を持って出かける準備を整えていた。

「じゃあ忘れ物はない？　一、番、大、事、な、も、の、も持ったわね？」

今朝増えたばかりの、その新しい荷物――キャリーバッグの中に収まった猫(ピロシキ)の重さを、両腕でしっかりと確かめる。

この部屋に居着いてから約半年で、体重は倍近くまで増えて今は四キロ少々。

全体のフォルムも、野良猫時代にくらべてかなり丸々としてきた。横や後ろを向いたときに頬肉の盛り上がりで顔が半分つぶれ気味になるぐらいなので、まもなく一歳になろうというハチワレ猫にもいずれダイエットは必要になるかもしれない。

その大事なピロシキの入ったバッグをかかえて電車に乗り、私と旭姫はまず小花(こはな)の実家である『松ねこ亭』へと立ち寄った。

「あ、待ってたよお。上がって？」

玄関先で小花に出迎えられると、いったん靴を脱いで彼女の家に上がる。そして二階へ。

「アーニャちゃん、いらっしゃあい。その子がピロシキちゃんね？」

待っていたのは、小花の母親だった。

板敷きの廊下に置いたキャリーバッグの中から、よいしょと旭姫がピロシキを抱き上げる。そのまま母親に手渡すと、ピロシキはキョトンとした顔でされるがままにしていた。

「まあまあ、おとなしくていい子ちゃん……それじゃあたしかに、旅行の間ピロシキちゃんはうちでお預かりしますねえ？」

ピロシキは特に嫌がったりもがいたりする素振りもなく、母親の腕にすっぽり収まっていた。さすがプロというか、初めての猫をもリラックスさせる抱き方の心得があるようだ。

「よろしくお願いします。特に好き嫌いはないはずですが、いつも食べている銘柄のフードは持参しました」

土曜日の今日から、日曜をはさんで月曜日の夜まで。その間、ピロシキの世話を猫だくさんな松風(まつかぜ)家にお願いすることになった。小花の母親は、快く引き受けてくれた。

「うちのあめちゃんと仲良いのよねえ？　この子がお泊りにきてくれて、あめちゃんも喜ぶと思うわあ」

あめ——六月の梅雨どき、小花と一緒に雨の中で保護した元野良猫。ボロボロに衰弱していたあのときから、今では別猫のように健康を取り戻している。

すると、二階の突き当りにある小花の部屋からキャッキャッという鳥のように甲高い鳴き声が聞こえてきた。

部屋の中から廊下に出てきたのは、しっぽにだけ黒と茶色の模様がある真っ白な子猫。噂をすれば影とばかりに、松風家の新入り猫であるあめが弾むような足どりで近づいてくる。

「あめちゃんだ〜。鳴き声かわいい〜」

笑顔になった旭姫がしゃがみ、トコトコと歩み寄ってきた小さな背中をなでる。あめは気持ち良さそうにしっぽをピーンと立て、旭姫の掌に自ら身体をこすりつけてきた。

あめの目の色は左右で違う。生まれつきのオッドアイではなく、過酷な野外生活の中で猫風邪をひき、大量の目ヤニでふさがれて失明してしまったのだ。そのため、片方は鮮やかなブルーだがもう一方は白く濁っている。

あめは鼻をヒクつかせて匂いを探ると、母親に抱かれたピロシキを見つけたようだ。足下にやってくると、前足をそろえてチョコンと背筋を伸ばして顔を上げた。目はまん丸になり、口元のウィスカーパッド（頬ヒゲ周辺のふっくら盛り上がったパッド状の部位）をぷくりとふくらませている。興味を示したり興奮している反応だ。

「はーい。じゃあピロシキちゃんに遊んでもらいましょうかねえ〜?」

小花の母親が、そろりと廊下の上にピロシキを下ろした。すると、すぐにキャッキャッと近寄ってきたあめに若干ひるんだ様子を見せる。

身体のサイズはぽっちゃり気味のピロシキのほうがずっと大きいのだが、性格は比較的おっとり気味だった。好奇心旺盛(おうせい)で活動的なあめのエネルギーに、初対面のときもピロシキが圧倒されていたのを思い出す。

クールに無視するピロシキをよそに、かまってもらいたいあめが後ろ足立ちになって抱きつき、ペロペロと親愛の毛づくろいをしはじめる。激しい勢いで顔をなめられ、ピロシキは迷惑そうにヒゲをピクつかせていた。

「あっ」

旭姫が緊張気味の声をもらす。ピロシキが、ついに右前足(て)を振り上げたのだ。

堪忍袋(かんにんぶくろ)の緒(お)が切れたのかとも思えたが、最初の勢いに反して右手は異様にやさしく下ろされた。全力の猫パンチかと思いきや、そっとあめの頭をタッチしただけに終わる。

「あははは！　ピロシキちゃんやさしいなあ。よかったねえ、あめちゃん？」

そのユーモラスな猫たちのコミュニケーションに、小花が思わず笑っていた。

「どうやら仲良くしてもらえそうねえ。あ、みんな時間は大丈夫？」

母親に言われ、集合の時刻を意識する。スマートフォンの画面を見ると、ここから向かってもまだ待ち合わせの九時までに余裕はあった。

「ちょっと早いけど、じゃあ出かけようかあ」

「うむ——では、ピロシキをよろしくお願いします」

あらためて小花の母親にお願いをすると、私は荷物を手に一階の玄関へと降りていく。

「アーニャ、あれはちゃんと持ってきた？」

旭姫が隣にきて、そっと私に耳打ちする。

「うむ。バッグに入れてある。出る前にも確認した」

ブラシについたピロシキの抜け毛を集めて入れた、小さなビニールのパッケージ。

私の体内にある殺人ウィルス――《血に潜みし戒めの誓約》の発症は不定期なため、抑制剤代わりとなる猫アレルギーを意図的に引き起こすトリガーは常に身近に用意しておかねばならない。

日頃は部屋に猫がいるのでその心配はないが、今回は数日間にわたり猫とは離れることになる。その間、万が一ウィルスが発症した際の特効薬として持ってきたのだ。

「じゃあ、いってきまあす」

旅行支度をした小花と一緒に、待ち合わせした乗換駅の改札まで三人で移動する。

「あ、きたきたー。こはっちー！　アーニャ&旭姫姉妹ぃー！」

集合場所で待っていたのは、竹里と梅田の二人だった。こちらを見つけた梅田が、大声をあげ手を振ってくる。

私は周囲を見渡してみた。ＣＩＡ組の二人も私が参加する以上同行するはずだが、まだ現れてはいない。

「――だ～れだっ？」

そう思った瞬間、後ろから両手で胸をつかまれた。

謎の手はそのまま自然な仕草で、私の乳房を自由気ままにもみしだきはじめる。いや……誰だ？ じゃないが。

「エニュオー。どうでもいいが、普通こういうのは目隠しをしてくるものじゃないのか？ 私は胸で視界を確保しているわけではないぞ」

もちろん、振り返るまでもなく誰だかはわかった。相変わらず、隠密行動(スニーキング)のスキルは天下一品だ。一瞬前まで気配を感知できなかった。

「えへへー、ついつい。アンナちんのおっぱい、あたし一回しか触ったことないじゃん？ どんな感触だったっけな～ってたしかめたくなっちゃった」

「お待たせいたしました、アンナ様。エニュオー姉様ともども、チーム《グライアイ》として同行いたします」

振り向くと、笑顔のエニュオーとともにペルシスの姿もいつの間にかそこにあった。

「あ！ マデリーンじゃん。リンジーもいるし……わー、いつの間に湧いてきた？ マジで来てたのに全然気づかなかったわー」

「オッケーオッケー。じゃあこれで全員そろったね？ そろっちゃったねえ？」

「うん、七人そろったよお。明良(あきら)さんたちは明日、別に合流するみたいだからねえ」

「よっしゃー！　では、いざしゅっぱーつ！　母なる海がオレたちを呼んでるぜー！」

「ウメうるさっ。わかっちゃいたけど、想像の五倍ぐらいうっさいわ〜」

ひときわテンションが高いのは梅田だった。私たちは目的地へ向かう路線のホームに移動し、急行電車の到着を待って出発する。

この週末は幸い台風の接近などもなく、絶好の海水浴日和になったと言えるのだろう。もっとも、海で泳いだ経験自体が私にはないのだが。

電車がゴトンと動き出す。後ろへ流れていく車窓の景色を、私はずっとながめていた。見知った町並みが遠ざかっていくのを見ていると、心が軽くなるような不思議な気持ちを感じた。

八月の青い空と白い雲のコントラストは、カンバスにぶあつく絵の具を塗りたくった油絵のタッチに似て力強い。

「トランプやろうぜトランプ〜！　やっぱ電車旅行っていったら、これが定番だよね〜」

「古くない？　今は普通にスマホとかあるし、別に定番じゃないでしょ。昭和か」

「なんだと〜。エリは様式美がわかってない！　あ、リンジーはもちやるよね？」

「はあ？　なぜ私に流れ弾が……」

梅竹コンビのいつものやりとりに巻きこまれ、ペースを乱されたペルシスが困惑している。

その横から、エニュオーが待ってましたとばかりに参加してきた。

「梅ちんに賛成ーっ！　こういうのはさー、みんなでやればなんでも楽しくなるもんだよね

～。ほらほらペルっちも参加するしー」

「エリもやろうよお。絶対楽しいよお？」

「小花(こはな)までウメ菌に汚染されちゃったの？　はいはい、やりますとも」

「菌とか言うなし。そだ、アーニャさんはどうする？」

二人がけ座席の背もたれ越しに、梅田が顔をのぞかせてきた。

「あらま。後ろやけに静かだなーと思ってたら、お休み中でしたか」

「私は今、人間ではなく枕になっている。彼女の目が覚めたら参加するから、遠慮(えんりょ)なくはじめていてくれ」

私は梅田に返答し、視線を下方に落とした。

そこでは私の胸に寄りかかって頬(ほお)をうずめ、旭姫(あさひ)がすやすやと寝息を立てている。

昨夜はどうやら旅行が楽しみすぎてあまり眠れなかったらしく、移動の途中も生あくびをしていた。電車の揺れのリズムと車内冷房の涼しさに屈し、早々に寝てしまったらしい。

「すう……」

脱力した旭姫のちいさな重みを受け止めながら、あどけないその寝顔を私は見つめる。

日本へやってきてから初めてになる、私の旅はこうしてはじまったのだった。

急行の停車駅で地元の在来線に乗り換えてから、四〇分ほどで目的地の雁金駅に到着した。

改札口を出ていくと、駅前にあるロータリーに大型のワンボックスが停まっていた。車体に『旅館たけさと』と書かれた文字が見えるので、宿泊客送迎用の車だということがわかる。竹里が、運転席の中年男性に向けて手を振った。

「叔父さーん!」

「おお、絵里ちゃん久しぶりぃ。今年はまたたくさん連れてきたな〜。ありゃ、外国のお友達までいるのかい?」

「うん。ゆーて、どっちも日本語ペラペラだから心配ご無用。で、バイト組はこっちの梅田と小花の二人ね。梅田は去年もきてたから憶えてるでしょ? あとの四人は、普通にお泊りのお客さんね」

「おすっ、今年もお世話になります!」

「エリのクラスメイトの松風小花です。よろしくお願いしまあす。梅ちゃん、後で仕事教えてねえ」

「おう、先輩にまかせておきんしゃい」

それから私たちは全員ワゴン車に乗り、竹里の親戚が経営する旅館へ到着した。

「じゃあ、あたしたちは海の家へいってるから、後で遊びにきてね〜」

宿泊客組である私と旭姫、エニュオーとペルシスを玄関前で下ろし、竹里ほかアルバイト組を乗せたまま車は海水浴場のほうへ走り去っていく。

四人用ということで案内された客間は、一二畳ほどのひろい和室。

奥にはいわゆる「旅館の謎スペース」とも呼ばれる広縁があり、サッシ窓を隔ててベランダ。

そしてその向こうには、目にしみるほど青い太平洋が一望できた。

私はその雄大さに、ひと目で心を奪われてしまう。海水浴場からは離れた場所の、大きな波が打ちつける荒磯の景観にしばし見入っていた。

「あ、このパーテーションで仕切れるんだね～。じゃあアンナちんと旭姫ちんはそっち、うちらはこっちって感じにする？」

木製の衝立(ついたて)が部屋にあったので、エニュオーがそれを中央付近の畳の上に置く。

「天井たか～い！」

旭姫は、青畳の上に仰向(あおむ)けで転がり笑っている。旅行気分で浮かれて、わけもなく楽しそうだ。普段は大人びた言動が多いだけに、こういう無邪気なところを見ると小学生だということを思い出す。

「でも、朝食べてこなかったからお腹すいたー。このへんコンビニとかあるのかなあ？」

旅館の周辺一帯は、いかにも田舎町といったのどかな景観。店らしきものは見当たらず、民家がまばらに軒を連ねている印象しかなかった。コンビニも探せばどこかにはあるのだろうが、歩いていくにはそこそこ距離がありそうだ。

「旭姫(あさひ)ちゃん、お腹すいたの？　じゃあ、エリたちがバイトしてる海の家で食べられるんじゃね？　どうせ海にもいくんだしさー」

「それもそうだ」

エニュオーの提案は、合理的でもっともに感じた。

「よっしゃー！　じゃーみんなでレッツ水着にチェーンジ！」

「私もですか、エニュオー姉様？　特に泳ぐ予定はなかったのですが……」

「だめだよペルっち～。ビーチで水着じゃない人がいたら目立つっしょ？」

「は、たしかに一理あるかと……では、あくまでエージェントとしての観点で着替えましょう」

ペルシスが水着になることに難色を示したが、あっさりとエニュオーに丸めこまれている。

それをよそに、私と旭姫は荷物の中から水着やバスタオルなどを出して着替えをはじめた。

私の水着は、例によって県庁所在地の駅ビルまで遠征して旭姫と一緒に購入したものだ。

「アーニャ、なんでずっと後ろ向いて着替えてるの？」

旭姫が不思議そうに問う。

この間ブラジャーの試着を見て以来、旭姫の着替えは意識して見ないようにしていた。子供だと思っていた彼女の胸に、あのとき初めて性的な印象を感じてしまったせいだ。

「いや……なんでもない。ちょっと、ウエストのゴムがきついか……？」

背中を向け続けながら、そう言ってごまかす。

これが一時的な気の迷いなのか、そうでないのか……少なくともそれがはっきりするまでは、なるべく旭姫の裸体は視界から遠ざけようと思っていた。

「そうなの？ アーニャ、もしかして太った？」

「ひゃっ」

ふいに脇腹の肉をつままれ、軽く電流が走ったようになる。

「あはは！ アーニャ変な声～。でも、太ってはいないね」

「節制はしているつもりだ……」

暗殺者時代は、体脂肪率一〇％以下を常にキープしていた。旭姫の料理が美味なせいで体重と体脂肪率は増えたが、日常的なトレーニングはずっと怠(おこた)っていない。習慣化しているので、やらないとストレスが溜(た)まってしまうのだ。

「うん、でも似合ってるよ。やっぱりそれにしてよかったね」

「まじまじ？ アンナちんの水着、超見てぇー！」

衝立(ついたて)の向こうからエニュオーが乱入してくる。彼女はすでに水着に着替え終わっていた。

「お、おお……」

視界にまず飛びこんできたものは、大型爆弾。それもダブルだ。ただただ圧倒される。

エニュオーの胸は温泉に入ったときに生で見ているはずだが、記憶よりも大きく感じる。面積の少ない布地に包まれていることで、逆に視覚的なボリューム感が強調されているのだ。

しかもデザインは、米国伝統の星条旗（スターズアンドストライプス）。ビキニとの相性としては最強と言っても過言ではない、赤青白のゴージャスな印象効果を醸（かも）し出していた。この大胆なビキニを堂々と着られるボディの持ち主は、そうはいないだろう。

「おおー。なんか、すごくアンナちゃんっぽい。スポーティなデザインだから、逆に健康的なお色気を感じるよね～」

星条旗ビキニのエニュオーが航空母艦（エンタープライズ）なら、さしずめこちらは駆逐艦（くちくかん）か潜水艦だろうか。火力（サイズ）の差はいかんともしがたく、機能美で勝負といったところだ。

ビキニよりも布面積の多いセパレートタイプで、上半身はスポーツブラ、下半身はショートスパッツ。胸よりも、腹まわりの露出（ろしゅつ）が強調されている。女子のMMAファイター（総合格闘家）が試合で着用するコスチュームと、どこか雰囲気が似ていた。色はスカイブルーを基調として、白、黒、オレンジがアクセントとなる迷彩カラーだ。

ちなみに、旭姫（あさひ）も色違いで同じデザインの水着を購入している。彼女いわく「姉妹コーデ」がコンセプトらしい。そちらはピンクが基調で、黒と白、グリーンをちりばめた迷彩柄。

「ペルっちもいい味出してるよね～。なんていうか、キャラに合ってる！」

堂々としたエニュオーとは対照的に、ペルシスはいかにも恥ずかしげに頬（ほお）を染めていた。

水着はワンピースタイプだが、一言でいえばレトロ風といったデザイン。

白黒の縦ストライプ模様で、何の飾り気もないシンプルな「水着」そのものだ。シックな黒髪ショートボブと相まって、六〇年代のモノクロ映画から抜け出してきたような印象を感じた。

「うむ。とても上品で素晴らしい」

「評価は特に求めてねーです……」

露出度でいえばこの四人の中で一番低いが、一番羞恥心を感じているのもペルシスのようだ。

それから私たちは水着の上にTシャツやパーカーを羽織ると、手荷物とタオル類を持ち、旅館の受付でビーチサンダルをレンタルして海水浴場へ出発した。

浜辺までは、歩いて五分とかからない近さらしい。時刻は午後一時を少し回ったあたり。太陽は、ほぼ頭の真上でプラチナ色に燃え盛っていた。

玄関から一歩外に出ただけで、濃密な潮の香りを息苦しいほどに感じる。旅館前の坂をまっすぐ道なりに下っていくと、すぐに波の音が存在感を増していく。

堤防の階段を登っていくと、雄大な海岸線が目に飛びこんできた。

空と入道雲、海と輝く砂浜——青と白だけで塗り分けられた、原色の世界。

「ひゃっほー！　海だぁー！」

エニユオーが大はしゃぎでTシャツを脱ぐ。その下から飛び出した星条旗ビキニと大量破壊兵器のようなダイナマイトボディに、ビーチ中の老若男女の視線が一斉に集まったような錯覚を感じた。

うおーと雄叫びをあげ、砂を蹴立てて海へ突っこんでいくエニユオー。そのまま、押し寄せてきた波に向けて頭からダイブした。

「うわー。エニュオーさん、めちゃダイナミックだね」

「護衛対象より先に海で泳ぎだしてしまいました……エニュオー姉様、少々はしゃぎすぎでは」

「いや、何も問題はないんじゃないのか。何度も言っているが、私の護衛任務など形だけのものので無意味だろう。ペルシスも私に構わず、泳ぎにいってくれて構わないが」

辟易としながら正直な感想を述べると、ペルシスの隻眼がやにわに鋭さを増した。

「聞き捨てならねー発言ですわね。いかにアンナ様とはいえ、ペムプレードー姉様の意思を蔑ろにすることは許しませんよ？」

以前から感じていたことだが、彼女のペムプレードーに対する忠誠心には絶大な強度が宿っている。ほとんど狂信者と呼んでもいいレベルだ。

「蔑ろにしたつもりはない。彼女がとてつもなく重い使命を背負っていることは、私も知っている……ペムプレードーとは、単なる指揮官と部下という関係ではないようだな。ペルシス」

「かつて人生を救われた恩人です。姉様なくして、私という存在もまたありません」

言葉少なにペルシスは答えた。シンプルな言葉だったが、それだけに真実の重さを感じる。ペムプレードーのためなら自分の命を捨てることも、ペルシスは一切ためらわないだろう。

「うひゃー、気持ちよかった～」

そうしていると、やがてエニュオーが海から上がってきた。

水滴に濡れた小麦色の肌艶が、派手な水着とグラマラスな体型の破壊力を一層増しているように感じてしまう。同じ女ながら、ずっと見ていると平常心が保てなくなってくる。

「アンナちんも泳がね？ 沖まで競泳勝負だー、なんちって」

「それより、旭姫が空腹なので先に食事にしよう……海の家はどこかな」

動揺をごまかすように、私は海水浴場を見渡した。世間的にはお盆休みの時期、それも好天の週末だけあって人出は多い。

海の家はすぐに見つかった。防波堤近くの浜辺に建てられた、簡易建築の小屋。建物の隣にはシャワー付きの小さな更衣室がある。鮮やかな青と白の地に赤文字で描かれた「かき氷」の幟が、強い海風にバタバタとひるがえっていた。

「うわー、いい匂い！」

そちらに向かうと、厨房から醤油の焦げた香ばしい煙が風に乗って漂ってくる。真っ先に反応したのは、やはり旭姫だった。

お昼どきを少し回ったあたりの今はまだ繁盛していて、家族連れやグループ客などで店内のテーブルはあらかた埋まっている。

その中に、Tシャツと短パン姿で動き回っている小花の姿があった。額に汗を浮かべ、なかなかに忙しそうだ。

「いらっしゃー……アーニャ！ わあ、みんなの水着もかわいいねえ」

入ってきた私たちに気づき、小花がぱっと笑顔を浮かべる。空いているテーブルに案内されると、竹里もこちらを見つけて寄ってきた。

「ふぃ〜。やっと少し落ち着いてきたよ……でも小花がいてマジ助かったし。やっぱ普段から猫カフェで接客の仕事やってるから、めちゃくちゃ慣れてて頼りになるわー」

「でも、こんなに忙しいのは初めてだよお。梅ちゃんのほうがテキパキ動いて凄いなあって」

「まあ、ヤツはずっと運動部だったから動きはいいよね。ところでみんな、注文はどうする？　ゆうてメニューは焼きそばと焼きとうもろこし、あとかき氷ぐらいなんだけど」

　私たちはとりあえず、それぞれ食べものと飲みものを注文した。

　出てきた焼きとうもろこしから漂ってくる焦げた醤油の芳香に、さっきの香ばしい煙の正体はこれだったのかと納得する。たまらなく空腹を刺激する、何とも言えずいい匂いだ。

　縁日でも食べた鉄板のソース焼きそばといい、これといい、調理方法はごく簡素なはずだにもかかわらず、たまらなく旨いと感じる。

　それは多分に、海のそばで食べるというロケーションの効果が大きいのだろう。家で同じものを作って食べたとしても、満足感はおそらく違うと思われる。

　食後には、全員でかき氷を食べた。私は、イチゴやメロンに混じって唯一味の想像ができなかったブルーハワイなるものを選ぶ。

　雪のように淡い氷の粒と一緒に口へ運んだ、青いシロップの味は……ミントの爽やかさが感じられたが、これがハワイの味なのかと言われるとなんとも言えない。

エアコンが壊れた日に食べた白くまアイス同様、視覚をふくめたイメージをも食べることによって完成する味なのだろう。人類の想像力の奥深さに想いをはせつつ、完食する。

「アーニャ、ブルーハワイ食べたね？　食べたね？　ちょっと口開けてベロ出してみよっか」

旭姫が、いたずらっぽく含み笑いをもらしている。私は言われたとおりにしてみた。

「あははは！　やっぱり真っ青だ。ベタベタなお約束だけど、いちおうやっとかないとね〜」

スマートフォンで撮った写真を見せられ、ゾンビ映画の特殊メイクのようになった自分の口内を観察する。

そうしていると、ふと横顔にエニュオーの視線を感じた。

そちらを見ると、テーブルに頬杖をつきながらグリーンの瞳が私をまっすぐ見つめていた。

口元に微笑を浮かべ、やけに楽しそうな様子が伝わってくる。

「ねー、アンナちん。食後の運動でちょっと付き合ってくんない？」

ぎらぎらと強い輝きを放つ緑色の光に、私は見覚えがあった。いつか、学校の屋上で手合わせの真剣勝負をしたときのことだ。

「運動？　海で泳ぐのか？」

「んーん。いつかの屋上のリターンマッチ、やってみる気はない？　あん時のリベンジ、アンナちんしたいんじゃないかなーって。どうせなら、もうちょっと激しめのルールで」

やはり思ったとおりだった。

エニュオーはどうやら、戦闘者としてのスイッチがすでに入った状態のようだ。さすがは異名どおりの『闘争の魔女』といったところか。

「アンナちん、ペム姉の使うあれとやり合って勝ったんしょ？　それ聞いてから、ずっといつか闘ってみたいな～って思っててさー。この機会にどうよ？」

エニュオーがいつになく本気になっているというのが伝わったのか、ペルシスの隻眼に緊張の色が浮かんだ。

「いけません、エニュオー姉様。衆人環視の中ですよ？」

「まー、遊びの延長って感じでやれば大丈夫っしょ？　キャットファイトみたいなさー。うわ、なんかエロッ」

自分で言ってツボに入ったのか、けらけらと楽しそうに笑っているエニュオー。諫めようにも手に余るといった様子で、ペルシスは困ったような顔を浮かべていた。

「あくまで遊び……なのだな？」

「うん、もち！」

「ならいいだろう。どうやら引く気はなさそうだしな」

日頃から飄々としているエニュオーだが、何か自分が熱くなれるきっかけをいつも探しているような雰囲気もたまに感じていた。

そんな彼女が認める指揮官に私が勝ったという事実は、そうした「熱くなりたい」という興味をひくのに充分なものがあるのだろう。

後に引きずってこじらせるのも面倒だし、ここらでエニュオーのガス抜きをしておいてやる必要もありそうだ。奇妙な縁での結びつきではあるが、今は彼女たちもまた私の友人であるのだから。

「オッケー！　そうこなくっちゃ。さすがはアンナちん、もう大好き！」

「ルールはどうする？」

「うーん、なんでもいいっちゃいいけどー。もしアンナちんに怪我させちゃったら嫌だし、あんまり殺伐としてない感じのがいいかなー？」

武器の使用は禁止というのは当然として、パンチや蹴りなどの打撃技があると負傷率は高くなる。また、傍目からは喧嘩のようにも見られかねない。

寝技の攻防も、もつれ合う中で水着がズレたりといったアクシデントがありそうで、違う意味で危ない予感がする。

「では……打撃と寝技はなし。スタンドの組み技限定で、転倒したら負けのルールではどうだ？　足下は砂浜なので、安全性も問題はなさそうだし」

「うんうん、いいんじゃやね？　あたしはそれで全然オッケー！」

どうやら話はまとまったようだ。

要するに相撲やグレコローマン・レスリングのようなもの。洋の東西を問わず、どの民族にも古くから伝わる力くらべの王道だ。

海の家を出て、炎天下の砂浜へ。目立たなそうな場所を探すが、そもそも水着姿のエニュオーが異常に人目を集めてしまうのであまり意味はないと言えた。

「じゃー、このへんでいい？」

「うむ」

周囲に落ちた貝殻や大きめの石などを少し片付けてから、私たちは波打ち際で向かい合った。

「えっ。ここでお相撲とるの？　良くわかんないけど、がんばれアーニャ～！」

「やれやれですの……」

旭姫が楽しげに目を輝かせ、その横ではペルシスがうんざりとしたため息をついている。

「じゃーいくよー？　あーでも、リベンジ受けて立つ側だから、かかってこいやーかな？」

「好きにするがいい」

ルール上、お互い組み合わなければ勝負は始まらない。気持ち腰を落とした私たちの距離は、自然とじりじり近くなっていった。

やがて、互いに伸ばした前手と前手の指先が触れ合う。

そこからは早かった。一瞬にして世界が加速したかのように感じられる。

エニュオーの瞳孔が、獲物を襲う猫科動物のように真っ黒に散大した。彼女の身体が、弾丸

じみたスピードでこちらの懐深くへ飛びこんでくる。

いつかのときも体感した、私の反射神経を軽々と凌駕するエニュオーの獣速。

あのとき、私はこの超スピードに付いていけずに翻弄されたものだ。果たして今回も、反応する前に有利な組み手を奪われてしまった。

刹那、くるぶしに真横から衝撃。両足の裏が地面から引きはがされ、地球の重力が消失する浮遊感が全身を包む。

私はあっという間に、ふわりと宙に舞わされていた。私の左ワキをすばやく差して重心を崩し、同時に鋭い足払いを入れたエニュオーに一瞬で投げ飛ばされたのだ。

私は投げられた勢いに逆らうことなく、空中でくるりと横回転して再び足から着地した——まるで、高所から落ちた猫のように。

「へ？」

一瞬前にぶん投げたはずの相手が、目の前で何事もなく立っている状況。それを前にしたエニュオーが、何が起こったのかもわからず呆然としている。

「えい」

私は、棒立ちになった彼女の胸を両手でどんと押した。

虚を衝かれてあっさりバランスを崩したエニュオーが、砂の上にぺたんと尻もちをつく。

「……え？　今のってアーニャが勝ったの？」

旭姫がぽかんとしている。集まってきた見物人の反応も不可解そうだ。何より負けたエニュオー自身が、きょとんとした顔で私を見上げている。

「……は？ なになに？」

数秒遅れてやっと、尻もちをついた自分の状況に気づいたようだ。

「ありゃ〜、あたし負けちゃってんじゃん……。すげー！ 今のどうやったん？」

驚きと好奇心に目を輝かせ、立ってきたエニュオーが再び腰を落として身構えた。

「もっかい、やろ！ もっかい！」

「わかった」

私がうなずくと同時に、爆発したように砂塵が舞い上がる。そこに足跡だけを残して、エニュオーの姿が視界から一瞬で消失した。

もちろん、実際に消えたのではない。視認すら追いつかぬ超スピードと爆発的な勢いで踏みこみ、一気に距離を縮めてきたのだ。今度は組み合ってからではなく、その前の段階から勝負を仕掛けてくるつもりだ。

両腕を天地に大きく開いて前方に伸ばし、身を低く沈めレスリングのタックルのように飛びこんでくる。まず下におろした右手が私の左ヒザ裏をつかんで刈り、高く持ち上げた左手が私の右肩を突き飛ばすように押してきた。

そのタイミングは限りなく同時。片ヒザを刈って体軸を浮かせると同時に、反対側の肩を突いて浴びせ倒す——ニータップと呼ばれる、総合格闘技（MMA）のテイクダウン技だ。

　どちらかといえば組み技というより瞬発力を用いた打撃技に近く、上半身と下半身のバランスを同時に崩すことができる実戦的な動きである。

　私は後方へ押し倒されながら、低い位置に下がったエニュオーの首の後ろに両手を回す。

　そして股（また）をひろげて、跳び箱を飛び越すように大きくジャンプ。同時にムエタイの首相撲（ずもう）の要領で、エニュオーの頭を手元に強く引き寄せた。

　私の全体重が突如（とつじょ）として自分の首に集中し、バランスを崩されたエニュオーの身体（からだ）ががくんと真下へ突っ伏す。

「——んぶっ!?」

　プロレスのフェースバスター（ペディグリー）の形で、エニュオーが足下の砂に顔面から突っこんだ。私は同体で尻から落ちながら、うつ伏せに倒れた彼女の背中にひょいと飛び乗る。

　今度はわかりやすい決着だったせいか、歓声がギャラリーから上がった。決まり手としては、エニュオーのニータップを首相撲からのフェースバスターで切り返した私の勝ち。

「怪我（けが）はなかったか?」

　私は立ち上がり、エニュオーの背中から尻をどかした。

　エニュオーが砂浜に埋まった顔を上げる。砂にまみれた顔は、化粧パックをしたように真っ白になっていた。フハッと彼女が口の中に入った砂を吐き出す。

「……うわー。これ、何回やっても勝てないやつだ。ペム姉の魔法（あれ）が負けたってのも、これならまあわかるかなー？」

　ウンウンとひとしきりうなずいている。どうやら勝負に満足してくれたようだ。エニュオーは波打ち際で顔を洗うと、さっぱりしたような顔で笑っていた。

「それってさー、なんかスピードとか反応の良さとかの問題じゃなくね？　一瞬一瞬の局面なら、絶対あたしが勝ってたと思うんだけど。ペム姉のとはまた違ったマジックだよね～」

　さすがは、獣速の反射神経を持つ異能の兵士というべきか。わずかな立ち合いの中だけで、エニュオーは私が新たに会得（えとく）した『力』の本質をもう見極めているようだった。

「この前やったときとは、アンナちゃんの動きが全然違うしー。なんか急に覚醒（かくせい）しちゃったって感じ？」

「猫の言葉、そして訓（おし）えによって至った極意だ」

　江戸時代の武術指南書である『猫の妙術（みょうじゅつ）』において語られた、武神たる老猫の言葉の数々を脳裏に反芻（はんすう）する。

「ひとつだけ言うなら、私は闘いにおける勝負への執着を捨て、変化し続ける状況に無心で向きあうことだけを心がけている。勝負とは、変化の末に残る最終的な結果。ゆえに己の意思だけでは制御できない。未来をあらかじめ手にすることが、誰にもできないように……ならば、勝敗（そこ）に執着するのは無意味なことだ」

今の私に、闘いの中で攻防を演じるという概念はない。

こうあらねばならないという固定観念や望む結果への撞着（どうちゃく）を捨てたとき、世界は初めて己のものになる——私に勝つべく能力の限りを尽くし、闘争を強い意志で制しようとするエニユオーのスポーツ的な姿勢とは正反対とも言える境地だった。

「すっげー。なんか禅（ゼン）って感じじゃん！　サムライとかニンジャとか、東洋の神秘的な？　あたしナルト超好きだしー」

エニユオーが笑顔で手裏剣を飛ばす真似（まね）をしている。一方でペルシスは首をひねっていた。

「私には、エニユオー姉様があらゆる局面でタイミングを制し、すべての技が完璧に決まっていたように見えました。完全に先制され圧倒された状態から、なぜことごとく技を返せるのか……私にはクソ理解不能です」

なまじ一部始終を目で追って理解できたぶんだけ、ペルシスの不可解は大きそうだった。

ただ私は、彼女の口にするような技の攻防でエニユオーを上回ったのではなく、ただ無心でその瞬間ごとの流れに身をまかせただけだ。勝利とは、最善を尽くした結果として神から与えられる報酬（ほうしゅう）にすぎないのだから。

だがそれを他人に納得のいくよう説明するのは、猫の言葉を理解するのと同じぐらい難しいのかもしれなかった。

午後三時で海の家の営業は終わり、自由時間になった小花たちと海で泳いでから旅館へ帰ってきた。

夕食の前に、みんなで旅館の大浴場にいって湯につかる。陽に焼けた肌がヒリヒリしたが、次第に心地よい刺激としてなじんできた。

「なんか修学旅行みたいで楽しいねえ」

「アレやんない？　全員で輪になって背中流しっこするやつ」

竹里の提案で、私たちは洗い場で互いの背中につきながら一周する並びになった。私の前には梅田の大きな背中がある。そして、私の背中は小花が洗ってくれることになった。

アカスリに石鹸をつけ、目の前の背中をひたすらこする。同時に、自分の背中にも小花が触れてきた感触があった。

「アーニャさん、遠慮なしでゴシゴシいっちゃっていいからね？」

「うむ。しかし、実に流し甲斐のある背中だ……」

「アーニャ、力加減は大丈夫ぅ？」

小花の手が私の肩甲骨あたりをこすり、その下へと降りていく。

「問題ない」

と。小花の手が、ふと止まった。ほんの一秒か二秒ほど、そこから動いていない。

背骨をやや外れた右の脇腹。そこには、円形に盛り上がった古い傷痕があるはずだった。

六年前――「最終試験」でクラーラ・ルミノワに撃たれた銃弾の射入痕が。

成長した今ではちいさな傷だし、まさか弾痕だとは気づかれていないと思う。小花の手も、再び何事もなかったかのように動き出す。

わからなくても当然だろう。私と小花は、生きてきた世界が違うのだから。その交わらぬ平行線は、この先もずっと変わらないはずだ。

広々とした風呂で汗と潮風のぬめりを洗い落とすと、旅館の食堂に移動し夕食へ。

海辺の町らしく、焼き魚や刺し身がメイン。昼間たっぷり運動したおかげで、食事はより美味に感じられた。

そして、その夜。

私たちの泊まる四人部屋に、旅行メンバーの七人全員が集まっていた。

「じゃ～ん！　みなさん、これはいったいなんでしょうか～？」

家庭用ゲーム機の箱を高々と持ち上げ、笑顔の梅田が得意げにアピールする。

「そう、リンジーが縁日の射的で獲ってくれたスイッチで～す！」

「あっきれた。旅行にそんなん持ってきたの？」

「もちろんだともエリ！　この日のために買っておいた桃○で、夢の四人同時プレイをやるためにな！」

旅館のテレビに家庭用ゲーム機のケーブルを接続すると、梅田はゲーム画面をそこに映しだした。スゴロクを基本とした鉄道会社の経営ゲームで、何年かで日本各地を一周しながら収益額で勝敗を競うというものらしい。

「懐かしいなあ。わたし、小学生のころ違うハードで良くやってたよお」

「じゃあ、メンバーはまずコハっちね。あと、もちろんリンジーも！」

「はあ？　私はゲームになど興味はないと言ったはずですが」

「ペルっち〜。梅ちんからのご指名なら断れないっしょー？」

にべもなく突っぱねようとしたペルシスだったが、タコのように背中から絡みつくエニュオーに捕まってしまう。

「なにを言って……って、コラ梅田ァ！　なに勝手に人の名前を登録してやがりますか！」

「リンジーの名前もう入力しちゃったもんね〜。じゃー四人め、旭姫(あさひ)ちゃんやる？」

「うん、やるやる〜」

結局、初周のメンバーは梅田、小花、ペルシス、旭姫で決定。四人でのプレイが開始された。いろいろとゲーム展開が変化するアイテムやらイベントが盛りだくさんな内容のようで、爆笑や悲鳴が絶えない楽しい時間になった。途中からメンバーを入れ替えて二周めをプレイする。

気がつけば時刻は深夜〇時を回り、明日に備えて小花たちアルバイト組の三人は自分らの部屋に引き上げていく。私たちも就寝の準備をし、めいめい布団に横たわった。

「では、消灯いたしますよ」

「ん。おやすみー」

「おやすみなさーい」

電灯が消え、部屋が暗闇に包まれる。

最初は真っ暗だった視界が、徐々に闇に慣れてきた。部屋の輪郭が、青と黒のツートーンに沈んでいる。その中で、仰向けになった旭姫の横顔もきれいな影の輪郭を描いていた。

しばらくすると、そのシルエットの形が変わった。旭姫がこちらを向いたのだというのがわかる。

「アーニャ、もう眠い？」

「いや……波の音をずっと聴いていた」

「海の音、結構うるさいっていうか近いよね……あたしは昼間電車で寝ちゃったから、あんまり眠くないや」

窓の向こうから、磯に寄せては返す潮騒の響きが繰り返し聴こえ続ける。旭姫のいうとおり、その音は思いのほかに大きかった。

「……去年の今ごろは、想像もできなかったな。アーニャと出会って、こうして海に旅行をするなんてさ」

「私も同じだ」

つい、たったの一年前。そのころはまだ、暗殺者である私と日本で暮らす小学生である旭姫の人生は絶対に交わることない平行線をたどっていた。

この手を血に染め、大勢の人間を地獄へ送り続けてきた一年前の自分。

猫という奇妙な隣人と出会い、人として失った様々な感情を取り戻しつつある現在の自分。

まったくの別人と言ってもいい「二人のアンナ・グラツカヤ」をつなぐミッシング・リンクは、今はもうこの世にはいない私の親友だった。

「ユキがいなければ、旭姫とも小花とも出会うことは決してなかった。今もまだ寒くて暗い闇の底で、誰かの命を奪い続ける殺人機械のままでいただろう。猫の瞳にじっと見つめられる、心の安らぎも知らずに」

そのユキと血のつながりのある旭姫が、いまこうして隣にいる。ちっぽけな私個人の意思を超えた、大いなる人のつながりと運命の存在を私はそこに感じてしまう。

横顔に当たる視線を再び察し、隣に視線を移す。旭姫はこちらをじっと見ていた。青い闇に沈んだ彼女の瞳に、わずかな夜の光を帯びた球形の艶が揺れている。

「この前、お母さんから聞いたわ。アーニャの体内にある毒を消す特効薬が、もうすぐ完成するみたいだって」

旭姫の母親、宗像夜霧。彼女が娘であるユキとその父親アレクセイ・ペトリーシェヴァが遺した研究データを受け継ぎ、《血に潜みし戒めの誓約》の成分解析とワクチン開発を独自に進めてくれているのは前から知っていた。

それから、約半年。ついに一定の成果が誕生したということなのか。

「もしそうなったら、日本へやってきてからのアーニャのミッションは完全終了ってことになるよね。もう無理して猫に近づかなくても死ぬことはないし、協力者がそばでサポートする必要もなくなるし……」

旭姫がふと、そんなことを言った。その声はかすかに笑っているようだったが、さみしそうでもあった。

「いや、そんなことはない。私には、どちらもずっと必要だ」

旭姫がいじらしくなり、可能な限りやさしい声を意識してそう言った。

「ピロシキも、旭姫も。この先も私と一緒にいてほしいと思う」

もちろん、私たちの未来に何があるかなんてわからない。ただ今は、それこそが胸に湧き上がってくる純粋な想いだった。

「……ねえ、アーニャ。お願いがあるんだけど」

「なんだ?」

「一瞬だけ、お姉ちゃんって呼んでもいい?」

何を今さら、という感じの要求だったが……声のトーンで、いつも人前でのおふざけでやっている姉妹ごっことはニュアンスが違うことを感じとった。

「ああ……構わない」

ため息に限りなく近いささやきを返す。

すると、空気が隣で動いた。旭姫の小さな重みが、胸の上に乗っかってくる。

「お姉ちゃん……」

私の胸に顔をうずめて、ぎゅっとしがみついてくる旭姫。彼女の突然の情動を持て余した私は、ちいさな頭をなでてやることしかできなかった。

私たちは、長い間ずっとそうしていた。

繰り返す潮騒だけが、私たちに寄り添うように夜の底で流れ続けている。

さっきは眠くないと言っていたのに、旭姫はいつの間にかスヤスヤと寝息をたてていた。


旅行の二日め。

たっぷり寝てやや遅めの時間に起きた私たちは、旅館の食堂に集まり一緒に朝食をとった。

小花(こはな)や竹里(たけさと)、梅田(うめだ)のアルバイト組は昨日と同じく海の家へと旅館の送迎車で出発する。

私たちもまた、昼ぐらいに水着に着替えて海水浴場へ出かけようかと思っていると……

「こんにちは、アーニャちゃん」

私たちの部屋を訪ねてきた、さっき旅館に到着したばかりの宿泊客がいた。

「あ。明良さんだー」

久里子明良——二つの顔を持つ女。

一日遅れての到着になるとは、小花から昨日の時点で聞いていた。その隣には明良と同じぐらい長身の黒蜂がいる。

そして……

「アーニャちゃん、この子は凛音っていうの。ちょっと今、事情があって私が預かってる子でね。仲良くしてあげて？」

明良の後ろに隠れるように寄りそう、一二、三歳ぐらいの女の子がいた。

夏祭りのときに見た少女だ。芸能人のように、とても整った容姿をしている。

間近で見ると、最も印象的なのは瞳だった。黒目がちなだけでなく、吸いこまれるような深い色をしている。果てのない穴の底から、こちらを覗き返すような妖しい光をそこに感じた。

どこか虚無的な、その瞳の色につかの間だけ意識を奪われていると……

「……りおんちゃん？」

信じられないといった驚きの表情で、私の隣にいた旭姫が少女——凛音を見つめていた。

「もしかして……『PreTeeN』の読モだった、りおんちゃんですか!?」

「えっ？　あっ、はい。そう……だけど」

いきなり旭姫が興奮した声を上げたので、凛音が驚いている。

「握手してください！ ファンなんです！」

勢いに圧倒され目を白黒させる相手と、旭姫は弾けるような笑顔で手を握りあっていた。

そのやりとりを見ていて思い出したのは、旭姫が前からファンだったという少女向けファッション雑誌の撮影モデルのこと。どうやら、憧れのその相手とここで偶然出会えたというわけらしい。

いや、偶然……なのだろうか。彼女は明良の知りあいのようだ。それも、こうした旅行に連れてくるぐらいには身近な間柄であるらしい。

「うわ～！ 本物のりおんちゃんだ～！ 無理無理無理無理、どうしよどうしよ。まさかこんなところで会えるなんて～！」

旭姫は感極まって泣きそうだった。

一方の凛音は戸惑いながらも、そんな旭姫に微笑を向けている。

何やら感動の対面といった雰囲気がそこにはあったが……

「なんだコラ、陰気な目つきで人様にらみやがって。やんのかこの眼帯ブス？」

「あぁ？ ドブくせー品性クソカスの駄犬が、何をキャンキャン吠(ほ)えてやがりますか？」

そのすぐ横では、殺気に満ちた険悪な空気が渦巻いていた。

またしても顔を合わせてしまった黒蜂とペルシスが、いっそキスしそうな勢いで顔を近づけにらみ合っている。いつこの場で仁義なきバトルが始まってもおかしくない。

「ペルっち～、ステイステイ」

「こら、周りの迷惑になるでしょ。こっちにきなさいシュエ」

しかし、それぞれの飼い主が横から引っ張っていき事なきをえる。エニュオーと明良が、相互いといったふうに顔を見合わせ苦笑していた。

「アーニャちゃん、また後でね。夜、みんなで集まって花火でもやりましょ」

まだペルシスと視殺戦をやめない黒蜂を引っ張りつつ、明良が自分たちの部屋へと引き上げていく。あわてたように、凛音も続く。

「あ、りおんちゃん。あたし、旭姫っていうの。後で一緒に写真撮ってもいい？」

「うん、いいよ。またね、旭姫ちゃん」

笑顔を交わしあってから、旭姫が去っていく彼女に向け手を振っていた。

背中を向けてから、凛音がちらりとこちらを振り返る。

その視線は、旭姫ではなく私を見ていた。

夕食後。

明良の提案で、彼女が持参してきた花火をやるために全員で浜辺へ出かける。

明良たち一行が合流したので、総勢一〇人もの大所帯になり実ににぎやかだ。

ただし。犬猿の仲である黒蜂とペルシスは全員一致の協力の下、可能な限り互いの距離を引き離す注意は必要になったが……

最後の残照が水平線に溶けて、頭上にはべったりと藍色の宵空がひろがっている。それを映す暗い海に、白くきらめく夜の波がうねっていた。

「じゃあ～、いよいよロケットいっちゃうぜぇ！　ファイヤァァァァオォン!!」

「あー待って待ってぇぇ！　まだ火ぃつけんなウメ馬鹿この野郎ぉー！」

砂に埋めたロケット花火が派手な音を立てて夜空へ噴き上がり、夏の星座に新たな彩りを加えていく。私は、みんなとは離れた場所からその閃光を遠目に見ていた。

花火が始まる前、ここへ単独でくるよう呼び出しを受けていたからだ。

指定された海の家の裏手。ラムネやビール瓶のケースが積み上げられた誰もいない場所で、あらかじめ私を呼びつけた相手――明良を待つ。

まさかまた、私に対して邪な欲望を持って何かを仕掛けてくるのでは……などと疑心暗鬼になりつつも、待つこと数分。

砂を踏む足音が、こちらへと近づいてくるのが聞こえてきた。二人ぶんのものだ。

「お待たせ、アーニャちゃん」

現れたのは、明良ともう一人……

「実はね、あなたとこの子を会わせたかったの。そのためにわざわざ海まできたようなものね」

そのかたわらにたたずむ、凛音(りおん)という少女だった。

凛音は、昼間と同じように私をあの目でじっと見つめていた。光のない黒い瞳から、感情は読めない。

「凛音と言ったか。彼女はいったい何者なんだ？」

私が問いを向けると、明良(あきら)はかたわらに立つ凛音のちいさな肩に手を回した。

「前に、アーニャちゃんの身の上話は聞かせてもらったわよね？　ロシアの地下犯罪組織から脱走して、体内に打たれた殺人ウィルスを沈静化させるために猫が近くにいないと死ぬってこととか」

私はうなずく。半年ほど前の春。旭姫(あさひ)の一〇歳の誕生日を祝ったときに、明良へは自分の秘密を打ち明けていた。

「凛音の体内には、あなたの中にある殺人ウィルスと対になる免疫細胞(ワクチン)があるの」

明良は凛音の肩をそっと抱きながら、ふいにそんなことを私に告げたのだった。

「意味はわかるでしょ？　つまりこの子には、あなたを救ってあげられる力があるのよ」

言葉の意味を理解するのに、しばらくかかった。

「……なんだって？」

だが、理解したはいいがどう受け止めればいいというのか。明良の真剣そうな声音やわざわざ個別の対面をセッティングした配慮からして、とても冗談とは思えない。

かと言って、本気だとしたなら……それは、とてもおそろしい意味を持つ。

「では、君も……《血に潜みし戒めの誓約(クローフィ・クリャートヴァ)》をその身に感染(うつ)されたというのか？」

そう。一八世紀にさかのぼる種痘(しゅとう)の時代から、ある病原菌に対する免疫細胞(ワクチン)というものはそうやって作られてきた。

そして、それを彼女に投与したのは……おそらくは旭姫の母親である宗像夜霧(むなかたよぎり)の進めていた、極秘プロジェクトに雇われた医師団といったところなのだろう。

ふいに、冷たく重たい異物が胃に生じたような苦しさに襲われた。

「はい、そうですよ。アンナ・グラッカヤさん」

凛音が、初めて私の名前を呼んだ。

「私は、あなた一人を生かすためにお金で買われた命……つまり、生(い)け贄(にえ)です」

そう言って、にっこりと微笑(ほほえ)みながら。

胃の中で異物感が重さを増したような気がした。それは私がたった今、無意識下で最も聞くことを怖(おそ)れていた言葉だったから。

凛音の話す言葉が意外だったのか、明良が驚いたような表情を浮かべ彼女を見た。

「待って、凛音？　あなた――」

明良が凛音の意図を問いただそうとするが、それを無視して彼女は言葉を続けてきた。

「本来の毒性から希釈はされていたんでしょうけど、何日も何日もほんとうに死ぬんじゃないかっていう痛みと苦しみを味わいましたよ。まあ実際、死んでも構わなかったんでしょうね。そうでなけりゃ、私という実験動物(モルモット)にあんな大金が払われたりはしないでしょうから」

「やめなさい、凛音(りおん)！」

私の見せた顔色は、よほどひどいものだったのだろう。こちらを見て血相を変えた明良(あきら)が、凛音の両肩をつかんで自分に向き直らせようとする。

しかし凛音は、逆らうようにその手を振りはらった。おとなしそうだった雰囲気からは想像ができないほど、荒々しい感情を爆発させたような勢いで。

「月に何度か、私のいた医療施設にスポンサーの女性が視察にきていました。夜霧(よぎり)さんっていう、私のお母さんと同じぐらいの歳の……ある日それで、副作用が苦しくて泣き叫んでる私を見てしまって、あの人が私に懺悔(ざんげ)したんです。泣きながら。あなたにまつわるすべての因縁(いんねん)を、そのときに教えてもらいました……とてもかわいそうな女の子のことを」

凛音の言葉は止まらない。どこまでも冷静に、取り乱すようなこともなく。それが逆に、彼女の中にうがたれた深淵(しんえん)の虚無を私に感じさせた。

「だから彼女を救うために、もう一人のとてもかわいそうな女の子が必要になったってことですね……でも、二人の女の子は決して同じじゃないんです。あなたと私が違うのは――」

ぱん、と弾(はじ)けるような音とともに凛音の言葉は止まった。

明良に打たれた頬(ほお)を押さえることもせず、凛音はただそこにたたずんでいる。虚無の穴のよ

うな黒い瞳は、ずっと変わらず光を失っていた。

「叩いてごめんね、凛音……。それと、許してアーニャちゃん。こんなことになるなんて思っていなかったの……私のミスだわ」

明良の声は、後悔の苦さに消沈していた。その腕は力なく凛音を抱きしめている。

「ごめんなさい、明良さん……アンナさん」

明良の胸に身をゆだねた、凛音の顔はこちらからは見えない。

「私は誰も憎んではいません。夜霧さんも、あなたのことも。ただ……うらやましいだけです」

私は胃に渦巻く異物感に吐き気を覚えながら、凛音の言葉を受け止める。

もし彼女へ贖罪を示すとしたなら、今の私にはそれぐらいしかできることはないのだから。

「夜霧さんがなぜ、そこまでしてあなたを救おうとするのか……それは、娘であるユキさんが、命を賭けて友だちであるアンナさんを自分に託したからです」

そう言うと、凛音は微笑を浮かべて私の顔を一瞥した。

「きっと母親として、心から愛していたからでしょう。娘であるユキさんのことを。だから、非道な手段に手を染める覚悟を決め、どれほど良心の呵責に苦しむことも厭わなかった。アンナさん……あなたの存在そのものが、今は亡き娘に対する夜霧さんの愛の証明なんです」

明良と凛音が立ち去った後、ひとり残された私はただじっと潮騒の響きに身をまかせていた。

離れた場所からは、旭姫(あさひ)や梅田(うめだ)や竹里(たけさと)、エニュオーたちの騒ぐ声が風に乗って聞こえてくる。

去り際、凛音はそれまでの雄弁さが嘘のように弱々しい態度になっていた。私に対して何度も非礼を詫(わ)びながら、憔悴(しょうすい)した様子の明良になだめられるようにして連れられていった。

『私は、あなたがうらやましい。夜霧さんがユキさんを。ユキさんがアンナさんを。それぞれ想う愛の連鎖が、あなたを今もこの世界に生かしている。誰からも当然のように愛されてやまない、私の大嫌いなあの生きものみたいに……』

脳裏を何度もループするのは、凛音が最後に残していったその言葉。

過去に直面してきたどんな危機や強敵よりも、彼女に投げつけられた言葉は私という存在を根底から揺るがしていた。

これまで私は、自分が生きることに理由や資格など存在しないし必要ないと思ってきた。

だからこそ、どんな局面にあっても迷うことなく生存のために全力を尽くすことができたといってもいいだろう。

だが凛音という存在があることを知った今は、以前の私にはもう戻れない気がした。自分自身がこの先を生きることに、罪や悪の意識という不純物がまぎれこんでしまったのを感じる。

暗闇が落ちた海辺にたたずむ私の背後で。

ふいに、砂を踏む足音がさくりと鳴った。

足音は一度きり。こちらに近づいてくるでもなく、離れていくのでもなく、ただじっとそこに立ち止まっている。

振り向くと、そこに立っていたのは小花（こはな）の姿だった。

「……アーニャが急にいなくなっちゃったから、探しにきたの」

彼女の表情、そして声のトーンは普段とどこかが違っていた。

いつもの人をなごませる笑顔や、おっとりとしたしゃべり方は意識して抑えられているように感じられる。私を見る瞳にも、今までにはなかった戸惑いの色が浮かんでいた。

「さっきの話を聞いていたのか、小花？」

私の向けた確認に、小花は静かにうなずきを返す。

「うん……」

無言の時間がゆっくりと流れた。

やがて……

「わたし、今までほんとにアーニャのこと何も知らなかったし、知ろうとしてなかったんだなって。いつか一番の友だちになれたらいいなって、自分でずっと思っていたのに……そのことが、なんかくやしい」

私の目を見ながら、小花は嚙みしめるように言葉をつむいでいく。

「小花、仕方ない。それは――」

「でも、知ったよ。今日、全部」

なだめようとした私の声をさえぎるように、小花が話を続けていく。

「昨日のお風呂で、アーニャの背中を流したときね……古い傷があったのを見つけたんだ。映画で見たのと似た感じの、銃で撃たれた痕みたいな。でもまさか、そんなわけないよねえってすぐに思ったけど。あれって、もしかしてやっぱり……」

そうだと私はうなずく。小花が息を吞み、身を固くする気配があった。

「私は、かつて暗殺者だった。初めて人を殺したのは一〇歳のとき。相手は、一つ年上の女の子だった。それからずっと組織に命じられるまま、今まで数えきれない多くの人間を闇に葬り続けてきた。その日々からまだ、一年と経ってはいない」

機械的な独白が、つらつらと私の口から流れ出ていく。

秘密を知られた以上、私はすべてを打ち明けてしまうつもりだった。その結果、小花から拒絶されても仕方がないと覚悟を決めて。

友だちを失うことには慣れている。

「転校初日に言っただろう？　私に近づくのは危険だと。あれは、掛け値なしにそういう意味だった。この国に生きる人々の大半は、一生涯縁がないだろう殺人という行為を日常的にしてきた人間が、この私だ。小花と何度もつないだこの手は、何百という誰かの血にまみれてきた……その事実を君に偽ってきたのは、ほかならぬ私になる」

じっとたたずむ小花と向き合いながら、私は感情を排除した声でそう告げた。

「小花を騙してきた罪は、いかにしても償おう。もう自分のそばに近づいてほしくないと望むなら、私は明日にでも小花の前から……あの土地から立ち去るつもりだ」

私が言い終わると同時。

ふいに、力なく垂らした左手を強く握られていた。

いつの間にか距離を詰めてきていた、小花だ。すぐ近くまで身を寄せてきながら、両手でぎゅっと私の左手をつつんでいる。この血塗られた私の手を。

「わたし、そんなこと望まないよ？」

「……むかし罪を犯したっていうことと、いま目の前にいるのが悪い人かどうかっていうことは、たぶん別々に考えることなんじゃないかなあ？　わたしあんまり頭良くないし、難しいことは全然わからないけど……」

「小花――」

緊張からか、小花の顔は少しこわばっている。それでも必死に、自分の気持ちを言葉にしようとしているのは私にも伝わってきた。

「だってアーニャ、モーさんが死んじゃったとき一緒に泣いてくれたじゃない。わたしの知らないどんな過去があったって、そのことまでが嘘になるわけなんてないよ。どっちもきっと、本当のアーニャだもん。わたしは、自分が騙されてたなんて思わない」

私の手を握る力が、言葉とともに強さを増していくのを感じる。

「出会ったときからずっと、わたしはアーニャのことが好き。大好きだよお？」

ぐらりと、私の中で何かが揺れた。

それは真実、世界が揺らいだ瞬間だったのかもしれない。あの日クラーラに教えられた、私が生きていくべき暗く冷たい殺人者の世界が。

こうして光に満たされた温かな世界にいながら、両者はずっと私の中で混じり合うこともなく共存していたような気がする。私にとっての旧世界と新世界——その境界を隔てる透明な壁は、だが今はかつてなく薄く感じられた。

「実はアーニャの秘密を知れて、驚くとか引くとかじゃなくて、正直ほっとしてる気分なんだあ。やっとわたしもアーニャと本当の友だちになれる、スタートラインに立てたんだなあって」

友だち——

冷たい闇の世界で、かつて私をそう呼んだのはクラーラだった。闇から光へ旅する中で友だちになれたユキはもういない。そして光に満ちた新しい世界で、なんの打算も因縁(いんねん)もなく出会えた小花(ともだち)が今ここにいる。温かな光の中から、私もまたこの場所の一員なのだと手を差し伸べてくれながら。

「だから、いなくなるなんて言わないで？」

小花の顔には、ようやく私の良く知っている明るい笑みが浮かんでいた。

「……ありがとう、小花」

その笑顔を見ていると、腹の底にわだかまっていた冷たい異物感が少し溶けていくような気がした。誰かに自分の存在を受け入れてもらえることが、今はこんなにも救いに感じられる。

「ねえアーニャ、花火やらない？　今からふたりで」

そのとき初めて、小花が線香花火を手にしていることに気がついた。

そのうちの一本を、私に手渡してくる。一緒に持ってきた点火棒で、バースデイケーキのろうそくに火を灯すように着火した。

ぱちぱちと火花が弾ける音を立て、光のシャワーが夜を照らす。

私と小花は並んでしゃがみながら、砂浜に落ちては消えていく輝きのしずくを見つめた。

世界を包む暗闇の中で、線香花火のちいさな光だけが私と小花の顔を浮かび上がらせていた。

エピローグ&プロローグ

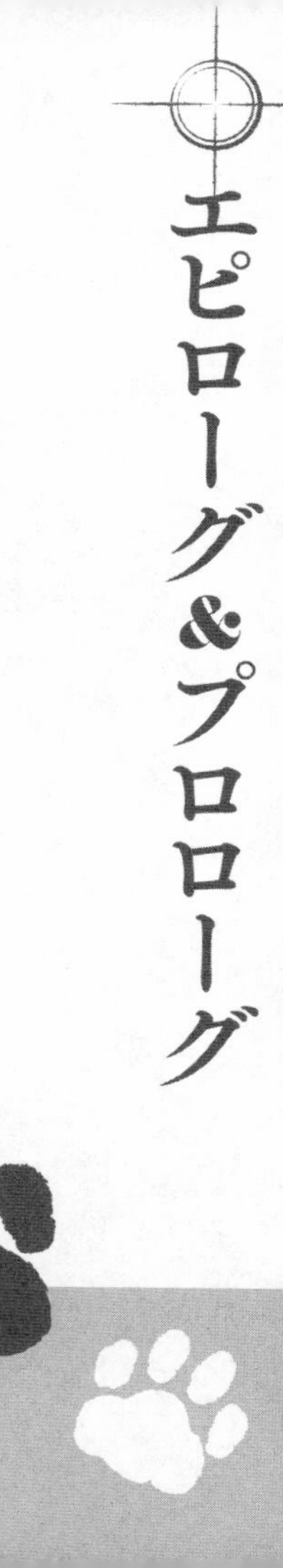

子供は宝だと昔から言われているし、実際そうだなと女は思っていた。

特に、持つべきものは娘。それも器量良しの娘だ。そういう意味で自分は幸運だった。娘——凛音は美しく育った。小さいころはその美しさが自分を苛立たせてやまず、いつか自分は娘を殺すだろうと思っていた。だが、その器量が金に変わると知ってからは娘への憎しみは消えた。自分と血がつながっているだけの、金を生みだす道具としか認識しなくなったからだ。モノに嫉妬する人間はいない。

しかも凛音は自分に従順だったため、飼育するストレスもあまりなかった。いつもこちらの顔色をうかがい、ひたすら気に入られようとする。幼いころから暴力や虐待で自尊心を削られて育った子供は、そうなるのだ。今度もまた、凛音は愚直にも母親を利する——そして自分自身を破滅させる儲け話を運んできた。

ロシアの闇社会に通じた昔なじみの久我山を思い出して連絡すると、北陸の土地まで娘を連れていった。現場でようやく自分がモノとして売られたのだと知ったとき、凛音は泣き叫ぶことも取り乱すこともなく平然としていた。少し頭が壊れてるんじゃないかと思ったが、先方の組織と話がついたと聞いて喜びのあまりどうでもよくなった。

あとは今夜、凛音の身柄と引き換えにもたらされる大金を受け取るだけだ。前祝いで比較的高級なホテルの部屋に泊まり、シャンパンに生ハムとモッツァレラチーズを頼んだ。心地良く酔いが回ったところで、この土地の出張ホストを呼びつけた。

テレビでは大好きな芸能人バラエティ番組が流れている。いつ観ても同じで代り映えしない、安心感ある娯楽番組が、女は大好きだった。

「あぁ～、猫ちゃん！　なんてかわいいのかしら～」

動物コーナーが映され、手足の短いマンチカンの子猫が無邪気にたわむれている。それを見て女は嬌声をあげた。自分の股ぐらから産まれた好きでもない男の子供には、一度も感じたことのない温かな感情が胸を満たしていくのを感じながら。

部屋のドアがノックされたのは、そのときのことだ。

これ以上のルームサービスは頼んでいない。ドアスコープから外をのぞいてみると、黒スーツを着た金髪碧眼の美男が廊下に立っていた。さすがはロシアに近い土地柄。出張ホストも国際色豊からしい。年齢は三〇代とやや渋めだけど、それもまた悪くない趣向だ。

浮かれた気分でドアを開けると、硬い衝撃が顔面を襲い暗闇に火花が散った。

視界が戻ると、目の前がすぐ床だった。高そうなカーペットの生地に、赤く濁った汚い液体がボタボタと垂れ落ちていく。

それが自分の鼻血であり、自分が床に手をついて這いつくばっているという状況を、女は遅れてようやく知った。部屋に踏みこんできた見知らぬ男たちに引き起こされると同時に、激しい痛みが鼻を中心に爆発する。

押しこまれるように部屋の椅子に座らされ、肘かけに両腕をダクトテープで固定された。恐怖と激痛と混乱の中、目の前に立つさっきの男が自分を見下ろす。

「娘はどこだ?」

外国人然とした容貌からは想像つかないほど、完璧な日本語だった。

だが言っている言葉はどういう意味だ? 凜音のことなら久我山に渡してそれきりだ。わけもわからず、女は突然の暴力とストレスを拒絶するように頭を振った。自分の鼻血を飲みこみすぎて気持ちが悪くなり、服の胸元にこみ上げてきた血反吐をぶちまけた。

再び顔面に衝撃。火花が飛び散り揺れる視界に、男が手に持った部屋の置き時計が映った。ずっしりといかにも重くて硬そうなあんなもので、自分はまた殴られたのだ。口の中から、大量の血とともに固形物がぼろぼろとこぼれ落ちていく。衝撃で折れたり、歯茎からもぎ取られた自分の歯だ。痛みとみじめさで女は涙を流す。すべてが理不尽だった。

「人間にとって最も尊く、互いを信頼するために必要なものとは誠実さだ。虚偽はその人間の尊ぶべき誠実を侵し蝕む、許されざる罪と言える。よって虚偽を排除し、人としての尊厳を取り戻すための聖なる儀式――拷問を始めよう」

目の前に立つ青い瞳の男が何を言っているのか、自分がなぜこんな目に遭っているのか、女には一切理解ができなかった。

「とはいえ時間はあまりないか。ふむ……では、手袋を脱がせろ」

男が命じると、部下らしき男たちが動いた。ダクトテープをちぎって肘かけに縛った自分の右腕を解放する。そして、服の袖をまくり上げられた。

視界にぎらりと映ったナイフの光沢に、女は緊張で全身を硬直させた。刺されると直感し、肉体が本能で衝撃に備えようとしたのだ。

だがナイフは腹に潜りこんではこなかった。代わりに、手首と肘の中間あたりに当てられる。ひんやりとした金属の温度を感じたと思った矢先、それが火傷しそうな熱さと痛みに変じた。まさか、腕を切断される――恐怖の中で女の脳裏を走った予想は、外れた。

刃はごく浅く、皮一枚を切るだけの深さしか女の腕を傷つけはしなかった。白い腕に、赤い切り傷の一本線が走りやがて一周する。

何をされるのか皆目わからなかった。男の指先が、傷口に潜りこみ皮膚を肉から引き剝がそうとするまでは。そのまま、裏返すようにべりべりと音をたてて剝いでいく。

先ほどの殴打など比にはならない激痛が、女の神経と脳細胞を焼き尽くした。生きながら生皮を剝がれる痛みとは、そういうものだ。自我さえもはや消し飛び、獣じみた絶叫を上げ続けるだけの機械となった自分がいた。女の目に、テレビ画面の中で戯れるマンチカンの子猫が映る。だが、それを愛でるような余裕など当然ありはしなかった。

椅子から逃れようと暴れだす女の身体を、男たちが数人がかりで押さえ続けていた。右腕に燃え上がるような熱さが続き、気がつけば女の足下には失禁した尿が水たまりを作っている。

やがて、担当の男が女の腕から手袋を完全に脱がし終わった。

涙にぼやけた女の視界に、血まみれのペラペラなゴム手袋が映る。いかなる職人技か、それは途中で破れもせずに剝(は)がされた女の右手、その原形を保った皮膚(ひふ)だった。

「娘はどこだ?」

女は、知らない知らない知らないと子供のように繰り返しながら泣き叫んだ。願うのはただ、許しを乞(こ)うこと。ガラスでできた義眼のような青い瞳が、血と反吐(へど)と涙と小便にまみれた女を精密機械のように観察する。

やがて。

「わかった。その言葉に嘘はないと信じよう。我々と真実を共有してくれて感謝する。ここに尊厳は保たれた」

黒服の男は、持参したスーツケースを開いた。中から注射器と二種類のガラスのアンプルを取り出す。一つめのアンプルの首を折ると、中身の液体を注射器で吸い上げる。

「《血に潜みし戒めの誓約(クローフィ・クリヤートヴァ)》――我々《家(ドーミク)》に属する人間を、この世のいかなる家族よりも堅い絆(きずな)で結ぶ聖なる血液だ。その尊厳を侵すものは、この地上に存在してはならない」

そしてもう一本を折り、そちらも注射針で吸い上げた。注射器の中で、二種類の液体が混ざりあっていく。

「この《血に潜みし戒めの誓約(クローフィ・クリヤートヴァ)》は、投与からおよそ四八時間以上を経過しなければ潜伏期間を終了しない。発症してから死に至るまでにも約一〇分の時間を要するが、この《活性化剤》

と組み合わせることにより即効性を発揮する」

　これ以上の暴力が加えられることはないと察した女は、心の底から安堵していた。だからこそ、注射針が血管に潜りこんでくるちいさな痛みなどは今さら意に介していなかったと言える。

　注射器の中身がすべて注入されてから、およそ数十秒後。その効果は劇的に発揮された。

「そういうわけで、これは契約違反のペナルティだ。相応に苦しんで死ぬがいい」

　苦悶する女の全身は、あっという間に死の痙攣に捕らわれた。全身が鬱血したような紫に変色。やがて女の口から、黒ずんだ茄子のような舌が飛び出す。あらゆる体液を垂れ流した末、女は椅子の上でうなだれたように動かなくなった。瞳孔は開ききっている。

　女の残したスマートフォンを、黒服の男が拾い上げる。

「アクシデントが発生した。私はこれより日本国内で免疫細胞の追跡行動に移行する。イルクーツクの本部に連絡。最低三か月ぶんの《抑制剤》を送らせろ」

　男の脳裏に固着した疑問は、《血に潜みし戒めの誓約》の尊厳を侵す免疫細胞とやらが、いったいこの日本で何のために——そして誰のために作られようとしたのか、だった。

　それを考えるとき、いつも浮かび上がってくる名前がある。

　弱冠一六歳にして《家》の史上最高傑作と謳われた、ある一人の暗殺者の名前が。

　だが、彼女はもうこの世には存在しないはずだ。半年前に組織を脱走し、追跡部隊を全滅させ逃亡したのだから。《家》の所属員にとって、それは死そのものを意味する。組織が厳重に管理する《抑制剤》を定期的に打たなければ、聖なる血はただちに戒(いまし)めの死をもたらす。

そこに例外は一切ない。ない、はずだ。

しかし……

「まさか、生きているというのか？　アンナ・グラツカヤが——」

そのありえない例外が発生したのだとしたなら。

あるいは自分が回収を命じられた免疫細胞(ワクチン)は、奇跡的に生き延びた彼女を治療するために作られたものなのかもしれない。というより、そう考えたほうが辻褄(つじつま)が合いさえする。

だとすれば、脱走者の生存は《家(ドーミク)》の結束という不可侵の尊厳を揺るがす事態にもつながる。いかなる手段を講じても、この世から消し去らなければならないだろう。

そのアンナ・グラツカヤは、半年前の時点では組織最強の暗殺者だった。もちろん後進も育ってはいる。だがより確実に始末しようとするなら、戦力を外部委託するのも視野に入れるべきだろう。世界的な殺人代行業者互助組織《プロキシー》に依頼し、上位ランカーの何名かを日本へ召集するような事態もまた。


——にゃーん。

そのとき。ふと男の耳に、聞く者の魂をとろかすような甘い鳴き声が響く。

反射的に振り返ったテレビの画面には、一匹の猫が映っていた。
まるで、人間には理解できない言葉で何かを語りかけてくるかのように。

あとがき

『ここでは猫の言葉で話せ』三巻、お楽しみいただけたでしょうか。

登場人物も増えてにぎやかになった今回は、日常編プラス『ここ猫』という世界観に対するアンチテーゼ的存在とも言える新ヒロイン・凛音(りおん)の登場編といったところです。

猫に希望を見た者と、猫に絶望を見た者の相克。そして迫りくる己の過去との対決。この物語も、どうやらクライマックスの景色が見えてきたようです。

実は、凛音の存在については二巻の中で軽く伏線を置いていました。もしもお暇と興味があれば、ちらっと読み返してみるのも面白いかもしれません。

また一巻から登場していたものの、特に目立つ活躍はしていなかった梅竹(うめたけ)コンビ(小花(こはな)も入れると松竹梅トリオに)、特に梅田(うめだ)の出番が今巻では多くなっています。塩かずのこさんからのキャラデザインが上がってきたとき、「糸目だ！」と事前に指定していなかったので大いにインパクトを受けました。ここぞというときにクワッと開眼するかどうかはわかりません。

猫とは何か。猫はなぜ猫なのか。

この作品を書きはじめる前からずっと考え続けていることですが、この哲学には一向に出口が見えてきません。猫ねこネコＮＥＫＯ。あまりにも猫のことを考えすぎて、最近ではＮで始まる単語を見るとなんでも猫っぽく思えてきてしまいます。ＮＨＫ（ねこほんとかわいい）、ＮＦＴ（ねこ太ってる）などなど……

以前、ある自作品の中で「もしもこの世に神がいるとしたなら、それは猫のような存在に違いない」と書いたことがありました。

人々のどんな祈りも聞き届けられず、世界がいつまでも矛盾と混沌に満ちているのは、神の正体が「役に立つことは何もしない」自由なねこちゃんだから仕方がないのだと。

何もしてくれない怠惰な神をありがたがり、貢ぎ物と信仰を捧げ続けてきた人類の報われぬ、でもどこかで心が救われてきた歴史。それこそはまさに、猫に対する永遠の片思いをやめられない我々の姿そのものではないでしょうか。おお、神は猫の瞳の奥にいまし。

次の四巻で完結を予定していますので、もう少しだけお付き合いくださるとうれしいです。

それでは今回はこのへんで……あっ、謎の電波が混線――

テレッテレッテレッテレ～♪　君が持ってきた漫画♪

昏式龍也

設定資料紹介

CHARACTER DESIGN

うめだ さやか
梅田彩夏
たけさと えり
竹里絵里
SAYAKA
EIRI

GAGAGA

ガガガ文庫

ここでは猫の言葉で話せ3

式龍也

行　2022年11月23日　初版第1刷発行

行人　鳥光 裕

集人　星野博規

集　渡部 純

行所　株式会社小学館
〒101-8001 東京都千代田区一ツ橋2-3-1
[編集]03-3230-9343　[販売]03-5281-3556

バー印刷　株式会社美松堂

刷・製本　図書印刷株式会社

inted in Japan　ISBN978-4-09-453097-1